suhrkamp taschenbuch 1489

AF197995

Thomas Bernhard, geboren 1931 in Heerlen (Holland), starb im Februar 1989 in Oberösterreich. Sein Werk im Suhrkamp Verlag ist auf Seite 152 dieses Bandes verzeichnet.

Die vier Billigesser essen seit Jahren von Montag bis Freitag in einer bestimmten Wiener öffentlichen Küche immer das billigste Essen. Für Koller rücken sie ins Zentrum seiner wissenschaftlichen Aufmerksamkeit, als er eines Tages nicht zur alten Esche, sondern zur alten Eiche geht und erkennt, daß sie das zentrale Stück seiner Studie über die Physiognomik mit dem Titel *Die Billigesser* darstellen. Die Andeutungen, die Koller ihm gegenüber vom Inhalt dieser Studie macht, versucht der Erzähler – ein Bankbeamter und ehemaliger Schulkamerad von Koller – anzudeuten.

Thomas Bernhard
Die Billigesser

Suhrkamp

12. Auflage 2022

Erste Auflage 1988
suhrkamp taschenbuch 1489
© 1980, Suhrkamp Verlag AG, Berlin
Alle Rechte vorbehalten. Wir behalten uns auch eine Nutzung des
Werks für Text und Data Mining im Sinne von § 44b UrhG vor.
Umschlagfoto: Sepp Dreissinger
Umschlag: Göllner, Michels, Zegarzewski
Druck und Bindung: CPI books GmbH, Leck
Dieses Buch wurde klimaneutral produziert:
climatepartner.com/14438-2110-1001.
Printed in Germany
ISBN 978-3-518-37989-9

www.suhrkamp.de

Die Billigesser

Zur Welt suchen wir den Entwurf –
dieser Entwurf sind wir selbst.

Novalis

Auf dem seit Wochen gegen Abend, seit drei Tagen regelmäßig auch in der Frühe gegen sechs Uhr zu Studienzwecken unternommenen Weg in den Wertheimsteinpark, in welchem er in Anbetracht der gerade im Wertheimsteinpark herrschenden *idealen* Naturverhältnisse nach langer Zeit wieder aus einem vollkommen wertlosen, seine *Physiognomik* betreffenden Denken zu einem brauchbaren, ja schließlich ungemein nützlichen habe zurückkehren können und also zur Wiederaufnahme seiner schon die längste Zeit in dem Zustand der Konzentrationsunfähigkeit liegengelassenen Schrift, von deren Zustandekommen letztenendes eine weitere Schrift und von deren Zustandekommen tatsächlich wieder eine weitere Schrift und von deren Zustandekommen eine auf diesen drei unbedingt zu schreibenden Schriften beruhende vierte Schrift über die Physiognomik abhänge und von welcher tatsächlich seine zukünftige wissenschaftliche Arbeit und in der Folge überhaupt seine zukünftige Existenz abhänge, sei er aufeinmal und urplötzlich anstatt wie schon gewohnheitsmäßig zur alten Esche, zur alten Eiche gegangen und dadurch auf die von ihm so genannten Billigesser gekommen, mit welchen er viele Jahre an den Wochentagen und also von Montag bis Freitag in der Wiener öffentlichen Küche und also in der sogenannten WÖK, und zwar in der WÖK in der Döblinger Hauptstraße, billig gegessen habe. Er hätte wie in den vergangenen Tagen ganz automatisch zur alten Esche und nicht zur alten Eiche gehen können, aber er sei aufeinmal nicht zur alten Esche gegangen, sondern zur alten Eiche, denn wenn er, so Koller, an dem in Frage stehenden Tage zur alten Esche gegangen wäre, wäre er möglicherweise nicht auf die *Billigesser* gekommen, sondern auf etwas ganz anderes, wie er in jedem Falle, hätte er einen anderen Weg als den, den er an diesem Tage eingeschlagen habe, und zwar zur alten Eiche und nicht zur alten Esche, auf ein anderes, möglicherweise sogar *entgegengesetztes Thema* gekommen wäre, *auf ein vollkommen anderes*, so er, als das, auf das er gekommen sei, weil er diesen und keinen anderen Weg eingeschlagen habe und also sei er an diesem in Frage stehenden Tage auf die Billigesser gekommen, weil er zur alten Eiche und nicht zur alten Esche gegangen sei. Was er zuerst als unstatthafte Unterbrechung seines seit Tagen wieder ganz auf die Physiognomik konzentrierten Denkens habe empfinden müssen, die Erinnerung und die aus dieser Erinnerung resultierenden Gedanken an die von ihm schon über Jahre *vergessenen* Billigesser, seine aufeinmal geradezu bohrende Beschäftigung mit Einzig und Goldschmidt, Grill und Weninger, habe sich plötzlich und tatsächlich vollkommen unvorhergesehen als für seine Physiognomik nicht nur nützlich, sondern für diese von ihm nun schon beinahe sechzehn Jahre ohne Unterbrechung und intensiv betriebene Arbeit als entscheidend und möglicherweise diese Arbeit überhaupt erst in ihren wesentlichen Punkten grundlegend klärend erwiesen. Der von ihm zuerst nur als kaum entschuldbare Abschweifung von seiner eigentlichen Aufgabe empfundene Blick auf die Billigesser war ihm urplötzlich nichts anderes gewesen als das Gegenteil, nämlich der Blick in das Zentrum seiner Physiognomik, von welcher er sich nichts weniger als die Erfüllung seiner Lebensaufgabe versprochen habe. Indem er plötzlich auf dem von ihm vollkommen unvorhergesehen zur alten Eiche und nicht zur alten Esche eingeschlagenen Weg mit den Herren Einzig und Goldschmidt, Grill und Weninger konfrontiert gewesen war und mit einer viel größeren und tatsächlich heftigeren Intensität in seinem Kopfe als in Wirklichkeit, hätte er mit der gleichen Plötzlichkeit und mit der gleichen Intensität aufeinmal die Möglichkeit gehabt, seine Arbeit und also seine Physiognomik fortzusetzen genau an dem Punkte, an welchem sie ihm am Vortag wider Erwarten zum Stillstand gekommen war. Jetzt, und zwar augenblicklich diesen unerwarteten Impuls ausnützend, wolle er, Koller, und zwar als Teil seiner schon ziemlich weit fortgeschrittenen Physiognomik, einen Versuch schreiben über die Billigesser unter dem Titel *Die*

Billigesser und dieser Versuch sei für seine Physiognomik von grundlegender Bedeutung, von größter Wichtigkeit. Sein, Kollers Blick, wäre gerade in dem Augenblick auf die Herren Einzig und Goldschmidt, Grill und Weninger als *Die Billigesser* gefallen, von welchem er heute ohne Weiteres sagen könne, daß er der für seine Physiognomik *entscheidende Augenblick* gewesen ist. Er habe jahrelang nicht mehr an die Billigesser gedacht und naturgemäß niemals mehr einen Augenblick daran, daß ihm die Billigesser einmal auch nur von dem geringsten seine Arbeit betreffenden Wissenschaftswert sein könnten; hätte er jemals einen solchen Gedanken gehabt, er hätte die Billigesser zweifellos schon zu einem viel früheren Zeitpunkt für sein physiognomisches Denken herangezogen, so aber habe er, Koller, wie alles andere für seine Wissenschaft Unwesentliche und nicht in Frage Kommende, auch die Billigesser aus seinem Bewußtsein abgedrängt und schließlich konsequenterweise vergessen gehabt, umso mehr mußte er jetzt und zwar im Wertheimsteinpark auf dem Weg zur Eiche und nicht zur Esche überrascht gewesen sein, daß gerade die Billigesser ihm, die Physiognomik betreffend, Klarheit verschafften. Wieder wäre er, Koller, in seiner Gewißheit bestätigt gewesen, daß Zufälle auszuschließen und Unsinn sind, denn es wäre ja auch kein Zufall gewesen, daß er sechzehn Jahre vorher gerade in dem Augenblick auf die Billigesser gestoßen sei, von welchem er heute sagen könne, daß er die eigentliche und also die entscheidende *geistige Wende* in seinem Leben herbeigeführt habe und zwar genau an dem Tage, an welchem er nach der damals schon siebzehn Wochen zurückliegenden Amputation seines Beines aus dem Wilhelminenspital entlassen und in seine Wohnung in der Krottenbachstraße zurückgekehrt war, nachdem er durch den, wie er sich ausdrückte, genauso *glück-* wie *unglück*seligen Hundebiß endgültig und wahrscheinlich besser noch, mit Sicherheit, wie er zu mir sagte, durch das Verschulden der Ärzte, sein linkes Bein verloren habe. An diesem Tage sei er auf dem Wege in die WÖK und, wie er sich genau erinnere, auf der Höhe des Postamtes in der Pyrkergasse, zum erstenmal auf die Physiognomik gekommen, noch bevor er dann, ein paar Minuten später bei seinem Eintritt in die WÖK, auf die Billigesser gestoßen sei und letztenendes verdanke er die Physiognomik ausschließlich seinem von mir so genannten *Lebensunglück*, dem Umstand, den er mir gegenüber aber auch sehr oft als sein *Lebensglück* bezeichnet hatte, daß ihm der Hund des Glasindustriellen Weller an jenem von mir aus gesehen unglücklichen, von ihm aus gesehen aber auch sehr oft glücklichen einunddreißigsten Oktober, ins Bein gebissen hat, was dazu geführt hatte, daß ihm das

Bein abgenommen hatte werden müssen und was wiederum dazu geführt hat, daß ihm Weller, abgesehen von der Rente, welche ihm regelmäßig an jedem Ersten auszuzahlen Weller gezwungen ist, auch die Summe von Zweihunderttausend hatte auszahlen müssen, was ihn, Koller, der ursprünglich an einer *rein naturwissenschaftlichen* Laufbahn interessiert gewesen war, auf alle möglichen philosophischen Ideen und schließlich auf die Physiognomik gebracht habe. Die Physiognomik verdanke er also allein dem Umstand, daß er an jenem unglücklich/glücklichen einunddreißigsten Oktober vor sechzehn Jahren in den Türkenschanzpark gegangen und nicht frühzeitig kehrtgemacht habe, sowie der Tatsache, daß zu dem gleichen Zeitpunkt auch der Glasindustrielle Weller in den Türkenschanzpark gegangen war und daß der wellersche Hund sich von der wellerschen Leine losgerissen und sich auf ihn, Koller, gestürzt und zugebissen habe. Hätte er, Koller, diesen Spaziergang in den Türkenschanzpark nicht gemacht, wenn er also beispielsweise anstatt in den Türkenschanzpark, in den Wertheimsteinpark gegangen wäre und wäre Weller nicht zu dem gleichen Zeitpunkt wie Koller in den Türkenschanzpark gegangen, denn auch Weller war nicht immer nur in den Türkenschanzpark, sondern sehr oft auch, wie Koller, in den Wertheimsteinpark gegangen und hätte sich nicht der wellersche Hund gerade in dem Augenblick von der wellerschen Leine losgerissen gehabt, in welchem er, Koller, an Weller vorbeigegangen war, wäre er, Koller, niemals auf die Physiognomik gekommen, ja wäre er niemals auf alle diese seine philosophischen Ideen gekommen, die ihn in den letzten sechzehn Jahren beschäftigt haben, aber vor allem nicht auf die Physiognomik, auf welche er in diesen letzten sechzehn Jahren hauptsächlich konzentriert gewesen war. Ganz davon abgesehen, daß beide, Weller wie Koller, an dem fraglichen Tag hätten in den Wertheimsteinpark gehen können und nicht in den Türkenschanzpark. Er, Koller, sagte, er habe an dem Tag seiner Entlassung aus dem von ihm als *häßlich und gefährlich* bezeichneten Wilhelminenspital in die WÖK gehen müssen, um auf die Physiognomik zu kommen und wahrscheinlich hatte er auch auf die Billigesser treffen müssen allein zu diesem Zweck. Er, Koller, hat immer gesagt, er verdanke die Physiognomik dem Glasindustriellen Weller und dem wellerschen Hund und allen Ursachen und Folgen des wellerschen Hundebisses und mit Sicherheit auch dem Umstand, daß er gleich am ersten Tag seiner Entlassung aus dem Wilhelminenspital in die WÖK gegangen und auf die Billigesser getroffen sei. Alle mit dem Hundebiß in Zusammenhang stehenden Umstände wären Inhalt einer von ihm ausschließlich auf diesen Hundebiß konzentrierten Schrift, die er zu schreiben beabsichtige. Jetzt sei er aber allein auf die Billigesser konzentriert, die sich ganz von selbst in das Zentrum seiner Physiognomik gerückt hätten. Schon seit Tagen habe er nichts anderes mehr als die Billigesser im Kopf und er warte nur auf den Augenblick, in welchem es ihm möglich sein werde, sich hinzusetzen und die Billigesser zu schreiben. Habe er die Billigesser geschrieben, habe er das wichtigste Kapitel seiner *Physiognomik* geschrieben, die er ja schon jahrelang *komplett* im Kopf habe, nur die *Billigesser* hätten ihm bis jetzt gefehlt. Weil er, Koller, schon an dem ersten Tag seiner Entlassung aus dem Wilhelminenspital nicht gewußt habe, wohin zum Essen, sei er sofort und wenn auch unter den begreiflicherweise schwierigsten Umständen in die WÖK und dort auf die Billigesser gestoßen. Jetzt habe er die so lange Zeit völlig vergessenen Billigesser aufeinmal, weil er zur alten Eiche und nicht zur alten Esche gegangen war, wieder im Kopf und werde schon tagelang von den Billigessern in seinem Kopf nicht mehr in Ruhe gelassen. Die Billigesser hätten sich aufeinmal auf dem Weg zur alten Eiche in sein Denken hereingedrängt und hatten nach und nach sein ganzes Denken auf sich gezogen und jedes andere Denken in seinem Kopf vollkommen ausgeschaltet. Sein ganzer Kopf sei aufeinmal nurmehr noch von den Billigessern in Anspruch genommen, was darauf zurückzuführen sei, daß er die Gewohnheit, zur alten Esche zu gehen, urplötzlich abgebrochen hatte und zur alten Eiche gegangen war. Wieviel ich dem Wertheimsteinpark verdanke!, sagte er, aber natürlich auch dem Türkenschanzpark!, aber was die Billigesser und was die Physiognomik betrifft, natürlich alles dem Türkenschanzpark *und* dem Wertheimsteinpark. Er ginge schon jahrelang nicht mehr in den Türkenschanzpark, weil ihm das mit dem Kunstbein zu beschwerlich, im Grunde tatsächlich unmöglich sei, denn der Türkenschanzpark liege für seine erbarmungswürdigen Verhältnisse viel zu hoch, während der Wertheimsteinpark eine gerade für seine erbarmungswürdigen Verhältnisse ideale Lage habe. Jahrelang war er mit den Billigessern zusammen gewesen und hatte mit den Billigessern billig gegessen, so billig mit den Billigessern gegessen wie nirgends sonst und tatsächlich wie nirgends so billig *und* gut gegessen, denn in der WÖK habe er, Koller, immer billig *und* gut gegessen und nirgends hätte er jemals noch billiger und besser essen können. Tatsächlich verdanke er der WÖK nichts weniger, als daß er heute noch am Leben sei, tatsächlich, daß ich noch existiere!, hatte er mir gegenüber einmal ausgerufen und daß er über so viele entsetzliche Wiener Jahre gekommen sei und wenn er auf der Welt irgendeiner Sache dankbar zu sein habe, so habe er der WÖK dankbar zu sein, denn mit Sicherheit verdanke er der WÖK seine Existenz und das heißt genauso seine Körperexistenz wie seine Geistesexistenz und vor allem seine Geistesexistenz und daß er überhaupt auf den heutigen Tag und in diese Stunde, so seine Ausdrucksweise, gekommen sei, das sei in seinen Gefühlen durchaus nicht zu hoch gegriffen, er wäre ohne die WÖK und ohne die Umstände in der WÖK auf alle Fälle und längst körperlich und geistig verhungert und wäre überhaupt schon längst nicht mehr da, geschweige denn, so er, *unter solchen Umständen, die es mir ermöglichen, diese Schrift, an der ich gerade schreibe und also die Physiognomik zu schreiben, ich wäre mit Sicherheit schon in den frühen Fünfzigerjahren untergegangen und vor die Hunde gegangen in dieser schlimmsten aller Zeiten, aus welcher ich nur durch die WÖK gerettet, von der WÖK vor dem Verhungern und vor dem Verdursten bewahrt und aus der tiefsten Verzweiflung herausgerissen worden bin und ich darf ohne die geringste Hemmung und ohne weiteres die WÖK als meine eigentliche Lebensretterin und letztenendes Lebensbewahrerin bezeichnen.* Er habe nicht die geringste Ursache, das zu verschweigen, woran er beinahe an jedem Tag seines Lebens erinnert sei. Abgesehen davon, daß ich in der WÖK auf die Billigesser gekommen bin, so Koller. Kaum sei er aus dem Wilhelminenspital entlassen gewesen, sei er in die WÖK und hatte dort die Billigesser getroffen, ich höre noch, so Koller, wie ich die Billigesser angesprochen und sie um Erlaubnis gebeten habe, an ihrem Tisch Platz nehmen zu dürfen und sie hatten mir naturgemäß sofort Platz gemacht, so Koller. Es sei ihnen, den Billigessern, sofort klar gewesen, daß er, Koller, ein Mensch sei, dem sofort Platz zu machen ist, wenn sie auch nicht sofort die ganze Fürchterlichkeit meiner Lage hatten erkennen können, so Koller, nur, daß ich ein künstliches Bein, ein Kunstbein habe und daß ich noch nicht so gut mit meinem neuen Kunstbein umgehen habe können, wie das notwendig gewesen wäre, um weniger oder überhaupt nicht aufzufallen, aber naturgemäß hatte ich auch die Aufmerksamkeit der Billigesser zuerst auf mein Kunstbein gezogen, welches ich tatsächlich am Anfang und naturgemäß am ersten Tag nach meiner Entlassung aus dem Wilhelminenspital noch nicht richtig und *in der erforderlichen unauffälligen Weise* hatte handhaben können, so Koller, er war ja erst am Vormittag aus dem Wilhelminenspital entlassen gewesen und hatte mit seinem Kunstbein die ersten von ihm so genannten *Freiheitsschritte* in die WÖK gemacht, denn wo sonst hätte ich, der ich jetzt wieder allein und hilflos gewesen war, hingehen sollen in dem Augenblick, in welchem ich Hunger gehabt habe, wenn nicht in die WÖK. Die Billigesser hätten ihm auf die angenehmste und tatsächlich zuvorkommendste Weise Platz gemacht und ihn mit dem größten Respekt aufgefordert Platz zu nehmen und hätten ihm gleich den besten Platz und den besten Sessel, den sogenannten Fensterplatz und den sogenannten Fenstersessel zur Verfügung gestellt. Er habe soviel Hilfsbereitschaft naturgemäß nicht erwartet gehabt, darauf wäre er nicht vorbereitet gewesen, die Billigesser waren aber so zuvorkommend zu mir gewesen, so Koller, daß ich mein Erstaunen darüber nicht unterdrücken hatte können. Zum erstenmal war ich, so Koller, nach meiner Entlassung aus dem Wilhelminenspital in der WÖK mit der Öffentlichkeit konfrontiert gewesen und die Billigesser waren die ersten Menschen gewesen, mit welchen ich außerhalb des Wilhelminenspitals ins Gespräch gekommen bin, nachdem sie mich an ihrem Tisch Platz nehmen hatten lassen, an ihrem Stammtisch, so Koller ausdrücklich, welcher damals schon zehn Jahre ihr Stammtisch gewesen sein soll. So viele Jahre vorher sei er in der WÖK gewesen, habe er damals gedacht und hatte von den Billigessern keine Notiz genommen gehabt, weil sie ihm nicht aufgefallen und für seine Aufmerksamkeit nicht wichtig genug erschienen waren, jetzt, bei seiner Wiederkehr in die WÖK, waren sie ihm aber sofort aufgefallen. Er hätte an einer Reihe anderer Tische Platz nehmen können, mehrere andere Plätze waren, wie er sofort bei seinem Eintritt in die WÖK festgestellt

hatte, frei gewesen, aber er sei sofort ohne Verzögerung an den Tisch der Billigesser gegangen, ich
war, so Koller, augenblicklich und zwar noch an
der Tür, von den Billigessern angezogen gewesen, ich hatte an ihren Tisch gehen müssen, an
keinen andern, wie selbstverständlich an ihren
und keinen andern, der Tisch der Billigesser war
mir als der für mich in diesem Augenblick geeig-
nete Tisch erschienen, während ich sofort den
Eindruck gehabt hatte, alle anderen Tische seien
vollkommen ungeeignet für meine augenblick-
liche Lage, die schwierigste Lage, die man sich
vorstellen kann, so Koller, an diesem und an
keinem anderen Tisch, habe er gedacht, werde er
Platz nehmen und er sei mit Entschiedenheit auf
den Billigessertisch zugegangen und hatte am Billigessertisch Platz genommen. Die Billigesser hätten ihn deshalb angezogen, weil er von ihnen zum
Unterschied von den Andern in der WÖK von
vornherein Verständnis für seine Lage erwarten
hatte dürfen, was er augenblicklich gesehen habe,
weil er von ihnen den Eindruck gehabt habe, daß
sie ihn, wenn er sich an ihren Tisch setze, in Ruhe
ließen, was von ihm tatsächlich richtig gedacht
gewesen war, denn sie hatten ihn tatsächlich in
Ruhe gelassen, wenn sie auch sein unter seiner
langen Hose nur unbeholfen verdecktes und also
verstecktes Kunstbein forschend in Augenschein
genommen und sich darüber Gedanken gemacht

hatten, was von Koller naturgemäß sofort bemerkt worden war. Aber ihre Neugierde, so Koller, wäre nicht die sonst weitverbreitete schmutzige und abstoßende gewesen, mit welcher Leute wie er überall und fortwährend konfrontiert und welcher sie auf die gemeinste und unverschämteste Weise ausgesetzt und ausgeliefert sind. Noch nie vorher war ihm, der sich bis zu seiner Entlassung aus dem Wilhelminenspital tatsächlich ja nur unter seinesgleichen aufgehalten und naturgemäß dadurch auf die unauffälligste Weise bewegt hatte, wie jetzt zum erstenmal wieder in der WÖK, zu Bewußtsein gekommen, daß er ein Krüppel sei und was es tatsächlich heißt, ein Krüppel zu sein. Die Öffentlichkeit hatte auf diese Tatsache und also auf sein Kunstbein auf die niederträchtigste Weise reagiert, indem sie so reagiert hatte, wie sie zu allen Zeiten den Krüppeln gegenüber reagiert hat und das ist bekannt, wie sie auf Krüppel reagiert, so Koller. Aber er hätte als erste auf keine besseren als auf die Billigesser stoßen können, so Koller. Bei diesem ersten Zusammentreffen mit den Billigessern habe er sie über seine Verkrüppelung und überhaupt über seine Existenz noch nicht aufklären müssen, so Koller, weil sie ihm für eine solche Aufklärung keinerlei Veranlassung gegeben hätten, sie hätten, während sie gegessen und ihn während ihres Essens naturgemäß fortwährend beobachtet und vor allem sein Kunstbein beobachtet und immerfort essend und schweigend einer tatsächlich *eingehenden und gar nicht zimperlichen* Prüfung unterzogen hätten, nichts gefragt und sie hatten umgekehrt ihn schließlich seine ganze Mahlzeit, seine erste Mahlzeit in Freiheit, essen lassen und in Ruhe gelassen, sodaß er noch während des Essens beschließen hatte können, sich bei seinem nächsten WÖKbesuch und also schon den darauffolgenden Tag um die gleiche Zeit, gegen zwölf Uhr mittag, wieder an ihren Tisch zu setzen, seine Wahl war, noch während der Mahlzeit, die ihm durch die widrigen Umstände seiner Verkrüppelung naturgemäß in die Länge gezogen war, bereits für die Zukunft auf den Billigessertisch gefallen gewesen. Er, Koller, hatte sich, wenn auch zuerst nur innerlich und nur für sich allein, bereits mit den Billigessern angefreundet gehabt. Natürlich, so Koller, hätte alles einen anderen Verlauf nehmen können, hätte ich mich nicht an den Billigessertisch gesetzt, aber ich hatte mich ja an den Billigessertisch und an keinen andern gesetzt. Der Billigessertisch sei ihm schon gleich an der Tür als der einzige für ihn mögliche Tisch aufgefallen gewesen, daß der Billigessertisch der für ihn tatsächlich geeignetste Tisch gewesen war, hatte sich sehr bald nachdem er, Koller, die an dem Billigessertisch sitzenden Billigesser in näheren Augenschein genommen hatte, bestätigt gehabt. Er war aber noch bevor er die Billigesser tatsächlich einer physiognomischen Prüfung unterziehen hatte können, bereits entschlossen gewesen, an dem Billigessertisch Platz zu nehmen, *unter allen Umständen*, so Koller, er hätte an dem Billigessertisch auch dann Platz genommen, wenn ihn die Billigesser gar nicht aufgefordert hätten, an ihrem Tisch Platz zu nehmen, unumstößlich entschlossen, an dem Billigessertisch Platz zu nehmen, war er in die WÖK eingetreten. Zu diesem Zeitpunkt habe er von den Billigessern noch *keine Vorstellung* haben können, denn im Augenblick seines Eintretens in die WÖK, von welchem tatsächlich außer einem Küchengehilfen kein Mensch Notiz genommen habe, habe er die Billigesser zum erstenmal gesehen gehabt, denn die neun oder zehn Jahre vorher, die er schon in der WÖK gewesen war und in welchen auch die Billigesser schon in der WÖK gewesen waren, hatte er von den Billigessern keinerlei Notiz genommen und sich aus diesem Grunde jetzt auch nicht an sie erinnern können. Wie auch die Billigesser ihn bis zu diesem Zeitpunkt noch nicht wahrgenommen gehabt hatten. Er wäre aber in geradezu zwingender Weise von den vier Männern an dem Ecktisch und also von den Billigessern angezogen gewesen und sie hätten sein Wiederauftreten in der WÖK zweifellos erleichtert, ihn durch ihre ihrem Alter und ihrem Intelligenzgrad entsprechende Verhal-

tensweise ganz sicher vor einer von ihm so genannten Beschämungstortur bewahrt, indem sie
aus seinem Auftritt mit dem Kunstbein keinerlei
Sensation gemacht hätten. Er hatte zweifellos den
Billigessern schon bei seinem Eintritt in die WÖK
sein Vertrauen geschenkt gehabt und dieses sein
Vertrauen war von den Billigessern nicht ent-
täuscht worden, sie hatten sich, wie er sich an
ihren Tisch gesetzt hatte, so verhalten, wie er es
von ihnen erwartet gehabt hatte. Zweifellos
mußte er bei seinem Eintreten in die WÖK einen
unbeholfenen und erbarmungswürdigen, möglicherweise tatsächlich, wie er glaubte, lächer-
lichen, ja abstoßend-lächerlichen Eindruck gemacht haben, aber wenn, dann doch nur auf den
Küchengehilfen, den Einzigen, der ihn bei seinem
Eintritt gesehen und auch tatsächlich wieder-
erkannt hatte und der naturgemäß sofort über ihn
überrascht gewesen war, denn der Küchengehilfe
hatte zweifellos erkannt, daß der Koller jetzt,
nach so langer Zeit tatsächlich als ein anderer in
die WÖK eingetreten war als früher und also vor
seiner Amputation und der Küchengehilfe habe
auch gleich seine ganze Aufmerksamkeit dem kollerschen Kunstbein zugewendet gehabt, so Koller, denn der Küchengehilfe war mit dem Gesicht
gegen die Eingangstür an der Essenausgabe gestanden und hatte den Koller bei seinem Eintritt
in die WÖK sehen müssen und er hatte naturge-

mäß auch gleich eine Veränderung an Koller bemerken müssen, die er sich aber zunächst nicht erklären hatte können, in der Zwischenzeit, so hatte der Küchengehilfe, den Koller beobachtend, denken müssen, hat sich an Koller etwas verändert aber *was* verändert, war ihm naturgemäß nicht gleich klar gewesen, das war ihm erst in dem Augenblick klar gewesen, in welchem er seinen Blick auf die kollerschen Beine und vor allem auf das kollersche linke Bein, auf sein Kunstbein gerichtet hatte. Der Küchengehilfe habe dem Koller zugenickt, wie der Koller in die WÖK eingetreten und an der Tür stehen geblieben war, kurz zugenickt und *so zugenickt* laut Koller, *daß der Koller sofort das Gefühl gehabt haben mußte, daß der Küchengehilfe erkannt haben mußte*, daß sich an Koller in der Zwischenzeit etwas verändert hatte und naturgemäß hatte der Küchengehilfe, seinem jugendlichen Alter und seinem hohen Aufmerksamkeitsgrad entsprechend, dann auch gleich erkennen können, was sich an Koller verändert hatte, weil er das Kunstbein gesehen hatte, ganz abgesehen von den Krückstöcken, die der Koller allerdings bei seinem Eintreten in die WÖK hinter sich hergezogen habe, sodaß man sie zuerst nicht sehen hatte können. Unmittelbar nachdem der Küchengehilfe dem Koller zugenickt gehabt hatte, war aber der Koller ein paar Schritte gegen die WÖKmitte hineingegangen und da habe der Küchengehilfe klar erkannt, daß der Koller jetzt bei seinem Wiederbetreten der WÖK ein künstliches Bein hatte und der Küchengehilfe habe seine Aufmerksamkeit daraufhin nurmehr noch zu Boden und also auf das kollersche Kunstbein gerichtet gehabt und von dieser Beobachtung solang als möglich nicht mehr abgelassen, bis zu dem Augenblick, in welchem Koller dem Küchengehilfen durch einen Wink mit der rechten Krücke zu verstehen gegeben habe, daß er eine solche intensive und rücksichtslose und primitive Beobachtung seines Kunstbeins und also seines Elends nicht wünsche. Ihn, Koller, habe aber diese lange und intensive Beobachtung des Küchengehilfen nicht verwundert, denn der Küchengehilfe hatte ja den Koller noch mit zwei gesunden Beinen in Erinnerung gehabt, er mußte bei dem mehr oder weniger abrupten Auftauchen Kollers von der Veränderung an Koller und also von dem Kunstbein Kollers erschrocken, so lange von dieser fürchterlichen Neuigkeit an Koller in Anspruch genommen sein, denn wenn Koller früher in die WÖK eingetreten war, war er beschwingt und sehr rasch in die WÖK eingetreten, auffallend rasch, während er jetzt auf so erschreckende und erbarmungswürde Weise in die WÖK eingetreten war, Monate vorher noch vollkommen gesund und nicht im geringsten körperbehindert, jetzt aber, so Koller selbst, auf die fürchterlichste und möglicherweise lächerlichste abstoßendste Weise körperbehindert. Der Küchengehilfe habe den Eintritt Kollers in die WÖK augenblicklich und mit der scharfen Geistesgegenwart seines Alters registriert gehabt, als Einziger, wie er, Koller, sofort festgestellt hatte, was ihm, Koller, naturgemäß angenehm gewesen war, denn er hatte noch auf der Straße *vor* der WÖK Angst gehabt vor seinem Auftritt *in* der WÖK, davor nämlich, daß ihn die Leute in der WÖK sofort als Krüppel erkennen und anstarren und lange Zeit nicht mehr aus ihren perfiden Augen lassen, daß sie ihm seine WÖKwiederkehr zu einer Fürchterlichkeit machen, was aber dadurch, daß alle in der WÖK, ausgenommen der Küchengehilfe, ihre ganze Aufmerksamkeit der Essenausgabe gegenüber der Eingangstür zugewandt gehabt hatten, wo gerade Dutzende von Essensportionen ausgegeben worden waren, das heißt, so Koller, in dem Augenblick, in welchem ich in die WÖK eingetreten bin, ist gerade die Suppe ausgegeben worden, nicht der Fall gewesen war, tatsächlich habe Koller völlig unbeobachtet und dadurch vollkommen ungestört von den WÖKgästen, die natürlich ganz auf die gerade ausgegebene Suppe konzentriert gewesen waren, in die WÖK eintreten können und die von ihm befürchtete Fürchterlichkeit seines Wiederauftretens in der WÖK war ihm erspart geblieben. Kaum habe er aber seine Schritte und zwar so schnell wie ihm möglich auf den Billigessertisch gelenkt gehabt und wie gesagt, *hinter* dem Rücken der WÖKgäste, wenn auch *vor* den Augen des Küchengehilfen, war er auch schon von den gerade in diesem Augenblick mit Suppe versorgten Billigessern entdeckt und tatsächlich noch bevor er die Billigesser darum gebeten habe, von den Billigessern aufgefordert gewesen, an ihrem Tisch Platz zu nehmen, die Billigesser hätten ihn, Koller, mit äußerster Zuvorkommenheit zum Platznehmen an ihrem Tisch aufgefordert, seien von ihren Plätzen aufgesprungen und hätten ihm Platz gemacht, indem sie selbst zusammengerückt wären und hätten ihn wie selbstverständlich sich auf den besten Platz an ihrem Tisch setzen lassen. Die Umständlichkeit seines Hinsetzens hätte die Billigesser naturgemäß zu einer Reihe von Höflichkeitsfloskeln gezwungen, auf die er, Koller, sich aber nicht eingelassen habe, er habe sich gesetzt und sein Kunstbein ausgestreckt so weit als möglich und sich dadurch nach dem für seine Verhältnisse viel zu langen Weg von der Krottenbachstraße in die WÖK in der Döblinger Hauptstraße entspannen können, indem er sich auch weit zurückgelehnt und dann das Kunstbein in entsprechende Ruhestellung gebracht habe, was die Billigesser naturgemäß zu noch größerem Interesse an seiner Verkrüppelung gezwungen und ihre

Beobachtung noch eindringlicher auf sein Kunstbein hatte lenken müssen, während er mit beiden
Händen den Versuch gemacht hatte, die Krückstöcke an die Wand hinter sich zu lehnen, was ihm
naturgemäß nicht gelungen sei, aus lauter Angst,
die Krückstöcke könnten umfallen und also zu
Boden fallen, habe er die Krückstöcke genau so
unvorsichtig an die Wand gelehnt, daß sie tatsächlich gleich wieder umgefallen seien, was wiederum alle vier Billigesser gleichzeitig veranlaßt
habe, vom Tisch aufzuspringen um ihm, Koller,
die Krückstöcke vom Boden aufzuheben und an
die Wand zu lehnen, was naturgemäß die Aufmerksamkeit aller in der WÖK Anwesender hervorrufen hatte müssen und was ihnen, den Billigessern, weil sie alle sich so schnell und unüberlegt
auf die Krückstöcke des Koller gestürzt hatten,
nicht gleich gelungen sei, mehrere Male wären
ihnen, den Billigessern, darauf die kollerschen
Krückstöcke immer wieder zu Boden gefallen,
was in der ganzen WÖK schließlich die größte
Aufmerksamkeit hatte hervorrufen müssen und
die Billigesser hätten sich immer wieder unter
lauten, ihm Koller, allerdings unverständlichen
Zurufen nach seinen Krückstöcken bücken müssen, um seine Krückstöcke aufzuheben und an die
Wand zu lehnen, was ihnen schließlich auch nach
einiger Zeit gelungen wäre, nicht ohne *ihre gera-*
dezu sträfliche Umständlichkeit, so Koller, völlig

erschöpft solange mit ihren Händen an seinen Krückstöcken, bis die Krückstöcke endlich an der Wand lehnen geblieben waren und sie sich wieder hinsetzen hatten können. Während sie sich um seine Krückstöcke bemüht hatten, sei es ihm möglich gewesen, in aller Ruhe, wie er ausdrücklich gesagt hatte, die Billigesser genau zu beobachten und zuallererst ihre Physiognomien einer ersten, wenn auch eingehenden Prüfung zu unterziehen, die ihm zuerst in dem dicken Küchendunst der WÖK mehr oder weniger undeutlich geblieben waren. Er, Koller, habe sich den Billigessern vorgestellt und die Billigesser hätten sich ihm vorgestellt, wenn er auch schon im Augenblick ihrer Vorstellung ihre Namen vergessen gehabt hätte. Er merke sich Namen nicht, habe sich Namen nie gemerkt. Durch das mehrmalige und, wie Koller ausdrücklich gesagt hatte, hektische Bücken der Billigesser nach seinen Krückstöcken, seien die Billigesser ganz außer Atem gekommen gewesen und sie hätten sich erst nach einiger Zeit beruhigen können. Sie hätten, während ihnen schon die Hauptspeise auf den Tisch gestellt worden war, noch immer mit der von dem von ihm, Koller, heraufbeschworenen Zwischenfall, daß ihm nämlich die Krückstöcke zu Boden gefallen waren und sie sie hatten aufheben müssen, hervorgerufenen Langsamkeit ihre Suppe ausgelöffelt und währenddessen ununterbrochen in ihre

Suppenteller geschaut, ohne auch nur ein einzigesmal zu ihm, Koller, aufzublicken. Umso mehr Zeit habe er dann gehabt, ihre Physiognomien zu studieren und schon bei dieser ersten Berührung mit den Billigessern hatte er die Wichtigkeit der Begegnung mit ihnen für seine Physiognomik erkannt gehabt. Zweifellos seien sie, das wäre sein erster Gedanke gewesen, schon immer darauf spezialisiert gewesen, das jeweils billigste Essen in der WÖK zu essen und in diesem Gedanken habe er auch schon wie selbstverständlich diese Leute an dem Ecktisch als die Billigesser bezeichnet und so waren sie von allem Anfang an für ihn immer schon die Billigesser gewesen, sie hatten immer das billigste Essen gegessen, das es in der WÖK gegeben hatte, er, Koller, habe sich nicht getäuscht, immer grundsätzlich das allerbilligste WÖKessen gegessen, solange er die WÖK aufgesucht habe und sie hätten, genauso wie er, niemals und unter keinen Umständen jemals eine andere als die billigste Essenskategorie gewählt, war es ihnen doch wie in der WÖK üblich freigestanden, immer zwischen vier Essenskategorien zu wählen, diesen Eindruck, der ununterbrochenen Konzentration der Billigesser auf das billigste Essen in der WÖK habe er, Koller, schon gehabt, bevor er sich überhaupt an den Billigessertisch gesetzt gehabt hatte, das habe er sofort allein schon zuerst an der Körper*haltung* und an der

Körper*bewegung* der Billigesser für seine Zwecke ablesen können, später dann auch an ihrer Geisteshaltung und Geistesbewegung, sie wären die geborenen und die personifizierten Billigesser gewesen wie auch er der geborene und personifizierte Billigesser sei. Ihre Physiognomien bezeichnete er immer wieder als die Physiognomien von geborenen und personifizierten Billigessern. Die Billigesser hätten nicht nur meistens, sondern tatsächlich immer die billigste und also die erste Kategorie Essen gewählt, niemals die zweite, die dritte, geschweige denn die vierte, dazu wären sie überhaupt nicht imstande gewesen, so Koller. Nur der Umstand, daß er selbst so wie sie ein sogenannter konsequenter Billigesser gewesen sei, habe schließlich und endlich verhindern können, daß sie ihn nicht eines Tages von ihrem Tisch und also von dem Billigessertisch vertrieben haben. So aber habe er ihnen gegenüber die Grundvoraussetzung – und Berechtigung, an ihrem und also am Billigessertisch zu sitzen, schon von Anfang an erfüllt gehabt, indem er selbst für sie offensichtlich ein eingefleischter Billigesser gewesen war, wovon sie im Grunde von ihm durch keine weiteren Verhaltensvorschüsse überzeugt werden mußten. Wahrscheinlich, so Koller, hätten die Billigesser von sich aus sofort erkannt gehabt, daß er selbst so wie sie zu den Billigessern zu rechnen war und hatten ihm von allem Anfang an und zuerst allein aus diesem Grunde und möglicherweise erst in zweiter Linie aufgrund seiner Verkrüppelung und also aus dem von ihm, Koller, so genannten *sanitären Grunde* an ihrem Tisch Platz gemacht und sozusagen in ihrer Mitte aufgenommen gehabt. Aber sicher, so Koller, habe er sich zuerst nur auf Probe an ihren Tisch setzen dürfen, auch wenn sie schon gleich die Feststellung gemacht hatten, daß er wie sie, zu den Billigessern zu rechnen sei, daß er wie sie zu jenen gehöre, die grundsätzlich billig essen und die grundsätzlich auf ein billiges Essen Wert legen, was nicht heißt, daß diese Leute weniger gut essen als andere, im Gegenteil. Billigesser sind aus Überzeugung Billigesser, so Koller, von Natur aus und die Billigesser in der WÖK hätten naturgemäß keinen andern als einen Billigesser wie sie an ihrem Tisch geduldet. Er habe sofort, wie er sich an ihren Tisch gesetzt habe, das Gefühl gehabt, daß er nicht nur diesen einen Tag an ihrem Tisch sitze, sondern wenigstens eine Zeit, wenn er auch nicht wissen hatte können, daß er dann doch so viele Jahre an ihrem Tisch gesessen war. Sein an diesem Tage am Billigessertisch eingenommener Platz, wäre von ihm, Koller, schon gleich als ein Dauerplatz für ihn betrachtet und von ihm sogleich als solcher Dauerplatz in Besitz genommen worden. Zweifellos, so Koller, hatte ich einen Dauerplatz eingenommen. Ein weiterer, zu allem Anfang feststellbarer Vorteil der Billigesser sei es gewesen, daß sie ihm, Koller gegenüber, von vornherein kein Mitleid, nur Interesse entgegengebracht hätten, denn Mitleid haßte er, gegen Interesse war nichts einzuwenden gewesen. Instinktiv hätten die Billigesser ihm schon in dem Augenblick, in welchem er sich an ihren Tisch gesetzt habe, eine Aufgabe zugewiesen gehabt, wenn er auch nicht wissen habe können, was für eine Aufgabe. Es sei, so Koller, an allen vier Billigessern abzulesen gewesen, daß sie einen wie ihn an ihrem Tisch gebrauchen konnten, sozusagen wenigstens eine Bereicherung und eine willkommene Abwechslung habe sich an ihren Tisch gesetzt, wie er sich hingesetzt habe. Möglicherweise, so Koller, wären sie zu dem Zeitpunkt seines Wiedereintretens in die WÖK an einem Endpunkt ihrer WÖKexistenz angekommen gewesen und hätten lange schon auf etwas Neues an ihrem Tisch, auf etwas sie Regenerierendes gewartet und möglicherweise gerade auf eine solche Erscheinung und also auf einen Menschen wie Koller, der ihnen aufgrund seines Äußeren und aufgrund der von diesem Äußeren nur äußerst notdürftig verdeckten höchstpersönlichen Innenlage naturgemäß eine, gleich welche, aber ganz offensichtlich erwartete Neuerung an den Tisch gebracht habe und ihnen also doch sehr willkommen gewesen war. Nicht umsonst wären sie augenblicklich, wie sie ihn, Koller, gesehen hatten, aufgesprungen, um ihm bereitwilligst Platz zu machen und ihre Bemühungen um seine Krückstöcke waren naturgemäß auch nicht ganz ohne Grund gewesen und es wäre falsch, ihr Verhalten nur auf seine Verkrüppelung und auf die Tatsache, daß er mit einem Kunstbein zu gehen hatte und also auf seine offensichtliche Hilflosigkeit zurückzuführen. Wahrscheinlich, so Koller, hätten sie schon tagelang, wenn nicht wochenlang auf einen solchen Augenblick, daß nämlich ein ihnen äußerst willkommener Mensch in die WÖK eintritt und sich ausgerechnet an ihren Tisch setzt, gewartet, auf einen solchen ihnen naturgemäß genehmen, sie aus ihrer zweifellos schon lange anhaltenden Monotonie und Lethargie rettenden WÖKgast und ein Krüppel in ihrem Alter und noch dazu so wie sie ein Billigesser, mußte ihnen gerade recht gewesen sein. Er, Koller, täusche sich nicht, wenn er behaupte, die Billigesser hätten ihn schon erwartet, wenn sie auch nichts von ihm gewußt hätten, nichts von ihm hätten wissen können, längst wären sie auf ihn vorbereitet gewesen, er, Koller, glaube nicht, das sei ein absurder Gedanke, das habe er sofort in ihren Physiognomien konstatiert gehabt. So gesehen sei es auch für die Billigesser kein Zufall gewesen, daß er sich an dem Tag, an welchem er aus dem Wilhelminenspital entlassen gewesen war, an ihren Tisch gesetzt habe. Der freie Platz am Billigessertisch sei, so Koller, jahrelang frei gewesen, weil die Billigesser jeden Versuch von gleich welcher Seite, diesen Platz einzunehmen, immer abgelehnt hatten und abwehren hatten können und es schließlich unter Ausnützung aller ihrer mit der Zeit schon sehr wirksamen Privilegien und also Machtmittel in der WÖK fertiggebracht hätten, diesen Platz vier oder fünf Jahre freizuhalten für ihn, Koller, und für keinen andern wie er lange Zeit nur geglaubt habe und wie er heute wisse und er könne schon so weit in seiner Behauptung gehen, zu sagen, die Billigesser hätten diese ganzen vier, fünf Jahre nur darauf gewartet, daß er, Koller, in die WÖK eintrete und ihren von ihnen verteidigten freien Platz einnehme, aber sie hätten naturgemäß alle ihn betreffenden Vorfälle und Ereignisse und also Veränderungen in diesen vier, fünf Jahren abwarten müssen, bis er und bis sie reif gewesen seien für die Tatsache, daß er sich an ihren Tisch setze. Naturgemäß hätten ihn die Billigesser nicht vom ersten Augenblick an als fünften Billigesser anerkannt, er hätte sich erst nach und nach als ein ihnen ebenbürtiger Billigesser erweisen müssen. Mich erstaunte die Erinnerungsschärfe, mit welcher er mir gegenüber allein sein Wiederauftreten in der WÖK in der Döblinger Hauptstraße mitzuteilen oder, so seine Bezeichnung, anzudeuten in der Lage gewesen war, denn dieses Wiederauftreten in der WÖK war ja jetzt immerhin schon über sechzehn Jahre zurückgelegen, wenn er auch gerade durch seine sogenannten physiognomischen Studien ein besonders geschärftes Erinnerungsvermögen haben und vor allem sich gerade der auf die Physiognomik bezogenen Tatsachen und in viel größerem Maße noch Merkwürdigkeiten der von ihm also in Andeutung mitgeteilten Personen und Persönlichkeiten und deren mittelbare und unmittelbare Zusammenhänge erinnert haben mußte. Und mein hier unternommener Versuch kann nur wiederum darin bestehen, mich seiner diesbezüglichen Erinnerungen zu erinnern, seine Andeutungen anzudeuten. Ich war ja gerade in letzter Zeit lange mit ihm zusammen gewesen und in dieser letzten Zeit hatte er vor allem über die Billigesser gesprochen und darüber, wie wichtig die Billigesser für seine Physiognomik seien, in welcher er schon sehr weit fortgeschritten sei, wie weit genau, hatte er nicht mitgeteilt. Aber vor allem hatte er über die Billigesser gesprochen, welchen er ein ganzes Kapitel seiner Physiognomik zu widmen beabsichtigte und was mich naturgemäß jetzt dazu ermuntert hat, gerade über die Billigesser, die ich persönlich überhaupt nicht gekannt habe und die ich nur einmal kurz zu Gesicht bekommen habe, zu schreiben, diesen Versuch zu machen allein zu dem Zweck, mir die kollerschen

Mitteilungen nocheinmal klar zu machen, mich
also seiner Erinnerungen nocheinmal zu erinnern,
was mir jetzt zeitlich und tatsächlich ungestört
möglich ist. Er hatte mir mehrere Male sehr ein-
dringlich das Ereignis, daß er nämlich an diesem
bestimmten, für ihn und seine Physiognomik entscheidenden Tag im Wertheimsteinpark, in welchen ich ihn im letzten Jahr sehr oft begleitet
hatte, weil mein Interesse an seinen Beobachtun-
gen immer größer gewesen war, anstatt zur alten
Esche zur alten Eiche gegangen war, auseinandergesetzt, in der für ihn charakteristischen in jedem
Falle immer, wenn nicht schon gleich philosophischen, so doch philosophierenden Weise und mit
der für ihn bezeichnenden mathematischen
Gründlichkeit, die er sich im Laufe der Zeit angeeignet hatte, wie es mir ja in seiner Gegenwart
immer vorgekommen war, als hätte er sich in den
letzten Jahren überhaupt ein mathematisches
Denken erarbeitet, in welchem er sich fortwährend und tatsächlich unaufhörlich und ganz gleich
in was für einem Zusammenhang und in allen
Gegenständlichkeiten trainierte, jedenfalls hatte
ich beinahe immer den Eindruck, alles, was durch
seinen Kopf zu gehen schien, wäre für ihn nicht
anders als immer nur mathematisch zu entschlüs-
seln und aufzulösen. Die Tatsache, daß er durch
den von dem wellerschen Hund verursachten Biß
aus seiner wahrscheinlich auch für ihn bis dahin

vorgeschriebenen Lebenslaufbahn herausgerissen und für eine verhältnismäßig lange Zeit zur Körperuntätigkeit verurteilt gewesen war, hatte ihn wie von selbst und tatsächlich ganz und gar folgerichtig in ein mehr und mehr philosophisches Denken hineinmanövrieren müssen, über den Umweg zuerst einer philosophischen Spekulationsperiode natürlich, die ihm in dem Augenblick, in welchem er seine Verkrüppelung als endgültig hatte betrachten müssen, naturgemäß zur Philosophie und darauf folgerichtig zur mathematischen Aufschlüsselung dieser seiner Philosophie geworden war, ohne daß ihm dieser Handlungsverlauf in seinem Kopfe in allen seinen Zusammenhängen bewußt gewesen wäre. Immer, wenn ich ihn in der letzten Zeit in den Wertheimsteinpark hinein begleitet hatte, war es ihm in der Nähe der alten Esche, oder in der Nähe der alten Eiche unmöglich gewesen, nicht auf den Umstand zurückzukommen, daß er an diesem in Frage stehenden Tage, aus was für einem Grund immer, nicht zur alten Esche, sondern zur alten Eiche gegangen war, als gründete sich schließlich und endlich für ihn alles, was auf diesen Entschluß hatte folgen müssen, auf dieses Ereignis, wie er auch immer wieder alles später Eingetretene auf diesen Entschluß zurückführte, und es war mir immer vorgekommen, als wäre sein Denken überhaupt in ein solches *vor* dem Ereignis, daß er urplötzlich zur alten Eiche und nicht zur alten Esche gegangen war und in ein solches *nach* diesem Ereignis geteilt, was er auch in Worten immer wieder zum Ausdruck gebracht hatte und was mich die erste Zeit doch immer recht irritiert, schließlich und endlich aber nicht mehr im geringsten gestört hatte, weil es mir aufeinmal selbst, auf ihn bezogen, plausibel gewesen war. *Vor* dem Ereignis, hatte er sehr oft gesagt und vorausgesetzt, daß ich gewußt habe, um was für ein Ereignis es sich handelte, wäre er in dieser oder jener Verfassung gewesen, *nach* dem Ereignis in dieser oder jener, wie er vor allem sehr oft gesagt hatte, daß sein Denken *vor* dem Ereignis ein vollkommen anderes gewesen sei, als *nach* dem Ereignis, welches wahrscheinlich das wichtigste Ereignis seines Lebens überhaupt gewesen war, wie ich immer deutlicher gesehen hatte und eingesehen hatte und einsehen hatte müssen. Alle Fäden, alle Zusammenhänge also in seinem Kopf, waren im Wertheimsteinpark als einem Zentrum seines Denkens miteinander in Berührung gekommen, darauf gründete sich in ihm alles, denke ich. Der Wertheimsteinpark war, von dem Ereignis an, die absolute Schaltzentrale seines Denkens gewesen, ganz gleich, wo er sich zu welchem Zeitpunkt nach dem Ereignis aufgehalten hatte. Er hatte mir gegenüber einmal angedeutet, daß selbst seine Träume ohne den Wertheimsteinpark undenkbar geworden waren von dem Ereignis an und daß alle Träume ausschließlich immer auf den Wertheimsteinpark zurückzuführen gewesen seien, sehr oft habe er diesem Umstand naturgemäß mißtraut, aber er sei immer wieder auf diese Tatsache gekommen, wenn er sich die Mühe gemacht habe, einem solchen Traum nachzugehen, wie er immer, wenn er, ganz gleich welcher Sache nachgegangen sei, auch diese Sache auf das Ereignis im Wertheimsteinpark zurückführen hatte können, es war ihm mit der Zeit zu einer Selbstverständlichkeit geworden, jeder wichtigeren Sache nachzugehen und sie ganz einwandfrei auf den Wertheimsteinpark zurückzuführen. Natürlich mußte diese möglicherweise verrückte, aber wahrscheinlicher noch sein Denken schärfende Vorgangsweise, alles zu Denkende aufzulösen und zuerst einmal auf den Wertheimsteinpark zurückzuführen und dadurch erst tatsächlich zu klären, seiner wissenschaftlichen Arbeit zugute kommen und er selbst war sich der Nützlichkeit seiner Übung bewußt, denn die Fortschritte, die sein Denken dadurch gemacht hatte, waren ganz deutlich in seinen Äußerungen erkennbar gewesen, die großen Fortschritte also, die er in den letzten Jahren aufgrund dieser möglicherweise absurden Methode gemacht hatte. Die mit ihm geführten Gespräche und überhaupt Unterhaltungen hatten auf diese Weise mit der Zeit einen sehr hohen

Schwierigkeitsgrad erreicht, waren aber gerade dadurch umso erfrischender gewesen. Zugegeben hatte der mit ihm unvermittelt in Berührung gekommene Außenstehende glauben müssen, es mit einem hochgradig Verrückten zu tun zu haben und ich selbst hatte lange Zeit diesen Eindruck haben müssen, aber der jahrelange Umgang mit ihm und mit seinem Denken, belehrte mich eines besseren. Aufeinmal hatte ich mich meiner Zweifel schämen müssen. Nachdem mir zu einem bestimmten, nicht mehr genau feststellbaren Zeitpunkt die Augen geöffnet gewesen waren, hatte ich bei ihm in die Lehre gehen müssen, nicht umgekehrt, woran ich viel zu lange geglaubt hatte. *Das Ereignis* hatte ihn frei gemacht und er hatte von dem Ereignis an seinen Willen durchsetzen und mit seinen, wie er es nannte, *Geisteserfolgen* rechnen können. Lange Zeit hatte ich geglaubt, *ich* sei derjenige, von welchem er so viel profitierte, welcher ihm in seiner Hilflosigkeit in jeder Beziehung behilflich und eine notwendige Stütze sei, bis ich darauf gekommen war, daß es genau in dem umgekehrten Verhältnis stimmte, denn in Wahrheit war *er* mir immer viel nützlicher gewesen als ich ihm, jedenfalls in der von ihm so bezeichneten *Geisteshinsicht*. Aber für die weitere und ausführlichere Darlegung dieses Verhältnisses ist auf diesen Papieren kein Platz. Für mich war immer von größtem Interesse gewesen, an ihm zu beobachten, wie er in seinem Denken von Tag zu Tag und von Gegenstand zu Gegenstand klarer und umständeloser vorgehen konnte, wie er aus der nur ihm eigenen Methode unaufhörlich und mit der größten Redlichkeit und gleichzeitig Rücksichtslosigkeit aus diesem seinem Denken seinen Gewinn hatte ziehen können. Und daß eine solche Vorgangsweise gerade einem solchen von der Natur nicht gerade gehätschelten Menschen möglich gewesen war. Wenn ich jemals etwas bewundert habe, so die Geisteshaltung dieses Menschen, welcher von den zwei Möglichkeiten, die er nach dem Hundebiß und nach der Amputation seines Beines gehabt hatte, nämlich die eine, aufzugeben und die andere, das größtmögliche Geisteskapital aus seinem Unglück herauszuschlagen, sich für die zweite entschieden hatte, für das Herausschlagen des Geisteskapitals. Wir kennen ja fast nur von der Natur und also von ihrem Unglück Verunstaltete, die resigniert haben und nur die Wenigsten, von welchen wir sagen können, daß ihr Unglück sie zum Triumph geführt hat, zum Geistestriumph, wie er, Koller, einmal gesagt hat. An Koller hatte ich nach und nach einen Menschen studieren können, an und in welchem mit der Zeit nurmehr noch und ganz und gar ausschließlich das Interesse am Denken festzustellen gewesen war. Daß der Umgang mit einem solchen Menschen auf die Dauer naturgemäß unmöglich ist, muß gesagt sein. Wir können uns an einen solchen Menschen annähern, aber wir werden, wenn wir mit ihm in Berührung gekommen sind, abgestoßen. Ein solcher Mensch duldet uns ganz einfach nicht und stößt uns ab. Daraus erklärt sich ganz von selbst die Tatsache, daß diese nur mit ihrem Denken beschäftigten und tatsächlich nur aus ihrem Denken heraus existierenden Menschen nach und nach in die völlige Isolation hineinkommen, in welcher sie ihr Denken solange denken und intensivieren und alles außerhalb ihres Denkens solange ignorieren, bis sie von dieser Leidenschaft erdrückt und erstickt und vernichtet werden. Wir kennen die Beispiele. Koller hat eine solche tödliche Vorgangsweise beispielhaft praktiziert. Schließlich ist alles in und an ihm nurmehr noch Denken gewesen und Unerträglichkeit. Ich habe mich ihm angenähert, aber er hat mich abgestoßen, immerfort habe ich mich ihm angenähert, immerfort hat er mich abgestoßen. Aber darüber nichts. Im Grunde hatte er wenigstens von *diesem* Ereignis an, von dem Hundebiß an, den ihm notwendigen Lebensstoff nurmehr noch eingeteilt in den brauchbaren und in den unbrauchbaren, in den für seinen Kopf und für sein Denken brauchbaren und in den für seinen Kopf und für sein Denken unbrauchbaren, den brauchbaren hat er in seinen Kopf und in sein Gehirn hineingelassen, den unbrauchbaren nicht.

Er kannte von diesem Ereignis an nurmehr noch diesen, keinen anderen Mechanismus der Lebensverarbeitung. Seine Verkrüppelung hatte ihm die Berechtigung zur fortwährenden und ununterbrochenen und lebenslänglichen Ausübung dieses Mechanismus gegeben, die Natur in Gestalt des wellerschen Hundes hatte ihn in die Lage versetzt, das Unglück des Hundebisses zu seinem Glück und zu seinem alleinigen Geistesgegenstand und gleichzeitigen Geisteskosmos und also Geistestriumph zu machen, so er. *Vor* diesem Ereignis hatte er mich, der ich mit ihm in dieselbe Schule in der Gymnasiumstraße gegangen war, immer abgestoßen gehabt, *nach* diesem Ereignis hatte er mich immer angezogen gehabt, während er von mir abgestoßen gewesen war. Ich könnte sagen, er gestattete jetzt, nach diesem Ereignis, nicht, daß ich ihn ausnützte. Er hatte jetzt nicht die Absicht, mit mir zu teilen. Jetzt, nach diesem Ereignis, das aber noch immer nicht *das* Ereignis für ihn gewesen war, wie er erst viel später hatte erkennen können, war er aber im Besitze aller jener Möglichkeiten gewesen, welche ich weder vor diesem Ereignis, noch nach diesem Ereignis gehabt hatte, aller ihm entsprechenden Geistesmöglichkeiten. Der Hundebiß hatte ihm jenes und also sein Denken, das ihm bis dahin verschlossen gewesen war, aufgemacht, weit aufgemacht. Jetzt wollte er dieses Denken aber naturgemäß nur allein besitzen und für sich selbst erweitern bis an die äußerste Grenze. Und genau an dieser äußersten Grenze (seines Denkens) war er dann auch noch schließlich und in dem entscheidenden Augenblick mit *dem* Ereignis konfrontiert gewesen, auf welches alle anderen, vorausgegangenen Ereignisse einschließlich des bis dahin für ihn wichtigsten Ereignisses, nämlich des wellerschen Hundebisses in sein linkes Bein, bezogen gewesen waren, der Gang zur Eiche nämlich und nicht zur Esche genau in dem Augenblick, der für ihn dann auch tatsächlich *der* geistesentscheidende Augenblick gewesen war. Der Augenblick nämlich, in welchem er auf die Billigesser gekommen war, auf und dann tatsächlich in das Zentrum seiner von da an von ihm nurmehr noch als sein *Lebenswerk* nicht mehr nur als seine *Lebensaufgabe* bezeichneten Physiognomik. Ich selbst war immer ein WÖKaufsucher, aber niemals ein totaler Billigesser gewesen, weil ich nicht und niemals grundsätzlich billig gegessen habe, auch nicht in der WÖK und ich hatte keinerlei Berechtigung, mich jemals einen Billigesser nennen zu dürfen und ich hatte auch, wenn, dann immer nur die WÖK in der Herrengasse und niemals die WÖK in der Döblinger Hauptstraße aufgesucht, weil es mir immer zu umständlich gewesen war, die WÖK in der Döblinger Hauptstraße aufzusuchen, leicht und also völlig umständelos war ich aber sehr oft in die WÖK in der Herrengasse gegangen, weil ich mich immer mehr in der Inneren Stadt und nicht im Neunzehnten Bezirk aufgehalten habe zum Unterschied von Koller, der schon wegen seiner Verkrüppelung beinahe niemals in die Innere Stadt hineingekommen ist und sich immer fast ausschließlich im Neunzehnten Bezirk aufgehalten hatte, was aber nicht bedeutet, daß ich nicht genauso wie er, mich nur im Neunzehnten Bezirk zuhause gefühlt habe, beide waren wir zeitlebens im Neunzehnten Bezirk zuhause gewesen, wie ich ja immer, wenn ich gefragt bin, ganz unvermittelt und selbstverständlich antworte, daß ich im Neunzehnten Bezirk zuhause bin, wenn ich überhaupt irgendwo auf der Welt zuhause bin, dann im Neunzehnten Bezirk, welcher mir so vertraut ist, wie kein anderer und es gibt tatsächlich kaum einen noch so unbekannten Platz im Neunzehnten Bezirk, der mir nicht bekannt wäre und fast alles im Neunzehnten Bezirk ist mir vertraut und der Neunzehnte Bezirk ist immer mein Lieblingsbezirk gewesen, auch Koller hatte immer wieder behauptet, daß der Neunzehnte Bezirk sein Lieblingsbezirk sei, kein anderer, obwohl er ja zum Unterschied von mir, erst viel später als ich in den Neunzehnten Bezirk gekommen ist, erst mit dem Eintritt in das Gymnasium in der Gymnasiumstraße, in welchem ich Koller kennengelernt habe. Genau genommen,

hatte ich Koller nicht im Gymnasium, sondern in
der Apotheke in der Hasenauerstraße kennengelernt, in welcher ich ein mir gegen meine chroni-
schen Halsschmerzen verordnetes Medikament
abgeholt hatte, wohl auf dem Weg in das Gymnasium, aber doch in der Apotheke, in welche Koller mit seiner Mutter schon vor mir eingetreten
gewesen war auch zu dem Zweck einer Medika-
mentabholung, wenn ich auch heute natürlich
nicht mehr wissen kann, was für ein Medikament
Koller damals abgeholt hatte, aber ich vermute
doch, daß es sich um ein Medikament gegen seine
fortwährenden Augenentzündungen handelte, an
welchen er, solange ich ihn gekannt habe, gelitten
hat. Schon damals waren mir die kollerschen Augenentzündungen aufgefallen gewesen, hervorgerufen durch seine ihn Tag und Nacht beschäf-
tigende und naturgemäß mit der Zeit mehr und
mehr anstrengende, ihn in den Augen chronisch
krankmachende damals schon von ihm sogenannte wissenschaftliche Lektüre, die schon in
diesen Gymnasiumsjahren, wie ich mich erinnere,
eine sogenannte naturwissenschaftliche Lektüre
gewesen war, während ich mich zu dieser Zeit
wenig mit Literatur, fast überhaupt nicht mit wis-
senschaftlicher Literatur beschäftigte, im Gegensatz zu ihm, der von Anfang an von ihnen besses-
sen gewesen war, geradezu eine Abneigung gegen
Bücher gehabt hatte, gleich, um was für Bücher es

sich gehandelt hatte, eine sich immer noch intensivierende, schließlich ja schon krankhafte Abneigung gegen alles Geschriebene und Gedruckte, mich auch im Gegensatz zu ihm kaum der von ihm sogenannten Geisteswelt geöffnet hatte, ganz entgegengesetzt, mich gegen diese von ihm sogenannte Geisteswelt mit allen mir zu Verfügung stehenden Mitteln gewehrt hatte und allein das Gymnasium hatte ich ja gehaßt, alles mit dem Schulischen Zusammenhängende, geschweige denn hätte ich mich der von ihm sogenannten Geisteswelt geöffnet, wo mir schon das Gymnasium zuwider gewesen war, welches ich nur widerwillig in Kauf genommen hatte. Meine Eltern hatten mich in die von ihm so genannte Geisteswelt hineinzwingen wollen, aber ich war ihrem Wunsche nicht einen Augenblick lang gefolgt, was sie mit der Zeit gegen mich aufbringen und tatsächlich im Laufe meiner Mittelschuljahre verbittern mußte, während die kollerschen Eltern auf Koller niemals auch nur den geringsten Druck in dieser Richtung ausüben hatten müssen, weil er selbst sich mit allen ihm gegebenen Mitteln in diese von ihm so genannte Geisteswelt und also in die Schriften- und Bücherwelt gestürzt hatte. Das war der offensichtlichste Unterschied zwischen Koller und mir gewesen, daß er nicht nur eine Vorliebe für die Geisteswelt gehabt hatte und in diese Geisteswelt vorbehaltlos und leidenschaftlich hineingegangen ist, während ich tatsächlich die Geisteswelt gehaßt habe und mich so viele Jahre gegen diese Geisteswelt gewehrt hatte, jedenfallls so lange dagegen gewehrt hatte, wie ich in das Gymnasium gegangen bin und noch lange Zeit darüber hinaus. Koller hatte von sich aus die Geisteswelt erobern wollen, ich hatte daran keinerlei Interesse gehabt, mir waren die Anstrengungen in Richtung auf diese Geisteswelt immer zu krankhaft gewesen und meiner Natur zuwiderlaufend, während sie ihm, Koller, nicht nur gerade recht, sondern ein Existenzbedürfnis gewesen waren. Heute denke ich, ob nicht schon damals, während dieser Gymnasialzeit sich alles in Koller auf die Tatsache vorbereitet gehabt hat, daß er, Koller, der ausschließliche Geistesmensch, wie ich ihn immer genannt habe, eines Tages und buchstäblich über Nacht nur mit dieser Geisteswelt allein zu existieren habe, rückblickend ist naturgemäß leicht auf eine solche Idee zu kommen, wenn sie sich längst schon bestätigt hat. Tatsache ist, daß Koller schon sehr früh und wahrscheinlich schon lange vor der Gymnasialzeit die Geistesrichtung eingeschlagen gehabt hatte, während davon bei mir keine Rede sein konnte. Er war immer der Geistesmensch und der Augenkranke gewesen, während ich von ihm immer nur als der Gefühls- und Tatmensch bezeichnet worden war, sehr oft und immer wieder an heiklen Punkten unseres Zusammenseins, als *Der Gesunde*, während er selbst sich meistens als *Der Kranke* bezeichnete, sehr oft auch als *Der Geisteskranke*, was er aber immer nur als eine Auszeichnung gegenüber Menschen wie ich, die ihm immer gewöhnlich vorgekommen waren und letztenendes unverständlich geblieben sind, verstanden hatte, mit dem für sich verwendeten Ausdruck *Der Geisteskranke* hatte er tatsächlich immer mir gegenüber ein Machtmittel in der Hand (und in seinem Kopf) gehabt, mit welchem er von Zeit zu Zeit rücksichtslos hatte gegen mich vorgehen können. Er verstand sich schon im Gymnasium als der Geistesmensch und als der Geisteskranke und also mir gegenüber ausgezeichnet. Menschen, die sich nicht wie er eines Augenleidens rühmen konnten, hatte er zeitlebens verachtet und tatsächlich war, rückblickend, alles in ihm, Koller, so angelegt gewesen, daß er zu seinem Augenleiden auch noch in den höheren Verkrüppelungsstand aufrücken hatte *müssen*, und daß er eines Tages sein linkes Bein verloren hatte und noch dazu auf so beziehungsvolle Weise durch den wellerschen Hund im Türkenschanzpark, in welchem seine Geisteswelt, wie er es einmal ausgedrückt hatte, auf die natürlichste, gleichzeitig komplizierteste Weise kulminierte, erwies sich später tatsächlich als ganz naturgemäß und folgerichtig. Die Tatsache, daß er von frühester Kindheit an augenleidend und dann, in der Reife, plötzlich auch noch ein Krüppel gewesen war, hatte ihm tatsächlich eine von ihm so bezeichnete höhere Geistesweihe und Geisteswürde verliehen, die von keinem seiner Umgebung mehr zu übersehen gewesen war. Seine Umgebung war, von dem Zeitpunkt seiner Verkrüppelung an, von seiner Geringschätzung niedergehalten und tatsächlich niedergedrückt gewesen und hatte sich dieser seiner Geringschätzung unter keinen Umständen mehr entziehen können. Er hatte Menschen, die keine von ihm sogenannten *lebenslänglichen heiligen Krankheiten* hatten, immer verachtet und sie immer einer sehr niedrigen Kategorie zugerechnet gehabt, mit welcher der Umgang, insbesondere aber der Geistesumgang eine für ihn erniedrigende, wenn nicht schmutzige, aber wenigstens immer charakterschwächende Angelegenheit gewesen war. Er bedauerte die sogenannten Gesunden, weil sie nach seinen Vorstellungen niemals aus den Niederungen der absoluten Geistesdumpfheit herauskommen und dazu verurteilt sind, lebenslänglich in dieser ihrer gemeinen Geistesdumpfheit zu verharren, gleich was sie sind und gleich was sie tun und er verachtete sie ganz offen und schien immer wieder ein Vergnügen an dieser seiner Verachtung gegenüber diesen *armseligen, nichtswürdigen, geistschädlichen, Kreaturen* zu haben, wie er sich tatsächlich einmal mir gegenüber geäußert hatte. Wahrscheinlich, so hatte er einmal zu mir gesagt, habe ich durch den wellerschen Hund die Krone meiner Existenz aufgesetzt bekommen, ich war, so er, an dem fraglichen Tage tatsächlich zu meiner Krönung in den Türkenschanzpark gegangen, um von dem Glasindustriellen Weller gekrönt zu werden. *An diesem einunddreißigsten Oktober hat die Krönung meines Lebens stattgefunden*, sagte er einmal zu mir. Eine höhere Auszeichnung, als diese Krönung seiner Existenz durch den wellerschen Hund im Türkenschanzpark habe er sich nicht erhoffen dürfen. Den Wenigsten werde eine solche außerordentliche Krönung zuteil, aber es habe naturgemäß, so er, selbst ihm nicht im Augenblick dieser Krönung das ganze Ausmaß einer solchen Auszeichnung zu Bewußtsein kommen können, das zu erkennen, müsse einige Zeit vergehen, aber dann stehe ein auf eine solche ungewöhnliche Weise Ausgezeichneter da in seinem Stolz und staune. Der Erbarmungswürdige, so er, triumphiere auf einmal über die Anderen, die die Krone auf seinem Haupt nicht sehen, weil sie dazu zu dumm und ganz einfach zu gewöhnlich und dazu auch noch zu gemein seien, eben alles andere als Geistesmenschen. Es kommt mir jetzt vor, als habe sich alles in Koller auf ein Ziel zu entwickelt und sein ganzes Leben auf nichts anderes, auf seine Idee und auf seine Wissenschaft, zuerst auf die

Idee und dann auf die Wissenschaft, nurmehr noch auf die Wissenschaft, seine Naturwissenschaft, auf seine Physiognomik hin, ohne daß er selbst von Anfang an in diesem Bewußtsein gewesen wäre, bewußt in dieser einzigen und tatsächlich alles Andere ausschließenden Willenskraft. Von Anfang an war seine Natur eine andere gewesen als die meinige, die auch nur ein einzigesmal zu akzeptieren er nicht imstande gewesen war, weil er sich einer solchen, wie er es einmal genannt hatte, Erniedrigung, verweigern hatte müssen. Die Geistesnatur in ihm hatte schon von Anfang an einen anderen Weg als den Geistesweg ausgeschlossen gehabt, wie er selbst erst viel später, als es in diesem Geistesweg für ihn überhaupt kein Zurück mehr geben hatte können, gesehen hatte. Es scheint auch mir kein Zufall gewesen zu sein, daß ich ihn ausgerechnet in der Apotheke in der Hasenauer Straße kennengelernt hatte, ein Umstand, von welchem er überzeugt gewesen war, daß es sich um das Entgegengesetzte eines Zufalls, also um einen *genau vorausberechneten Zeit- und Treffpunkt unserer Existenzen* gehandelt habe und er hatte sehr oft an diese Tatsache, daß die Apotheke in der Hasenauer Straße unser erster Berührungspunkt gewesen war, seine Gedanken geknüpft und seine Spekulationen daran orientieren müssen. Es war ihm sehr oft ein Vergnügen gewesen, seinen eigenen Weg und seinen eigenen

Ursprung soweit als nur möglich in die Vergangenheit hinein und wieder zurück zu verfolgen und das gleiche Experiment an meiner Existenz zu erproben um mir und sich selbst von Zeit zu Zeit den Beweis zu erbringen, daß sich seine wie meine Existenz ganz und gar mathematisch genau und folgerichtig entwickelt haben, wobei er mir letztenendes immer nur den Nachweis meines zum Unterschied von seinem, wenig befriedigenden Ergebnisses hatte erbringen wollen, wobei er niemals außer acht gelassen hatte, darauf hinzuweisen, daß seine Entwicklung eine geistige, die meinige genau einer solchen geistigen entgegengesetzte Entwicklung gewesen sei und er selbstverständlich seine geistige sehrwohl hoch, meine von ihm aus gesehen ungeistige aber tatsächlich sehr gering und abwertend einschätzen mußte und sich nicht zurückhielt, das auch deutlich zu machen. Aus dieser Abwertung meiner Existenz hatte ich mich immer nur dadurch retten können, indem ich ganz einfach von Zeit zu Zeit den Verkehr mit ihm abgebrochen hatte. So waren oft Monate, aber auch Jahre zwischen unseren jeweiligen Begegnungen gelegen. Manchmal hatte ich das Gefühl, daß ich weder die Natur, noch die Kraft habe, mich von ihm, der mir tatsächlich und naturgemäß überlegen gewesen war, vernichten zu lassen. Meine Beziehung zu ihm war immer sehr weit gegangen, aber doch niemals soweit, daß ich mich aufgegeben hätte, wenn es auch sehr oft den Anschein gehabt hatte, als forderte er, daß ich mich aufgeben und mich vollkommen ihm unterwerfe. So war die Beziehung zu ihm auch immer die fortwährende Anstrengung gewesen, von ihm nicht unterworfen und vernichtet zu sein, denn nichts Anderes fordern solche Menschen als Charaktere von einem, als daß man sich ihnen bedingungslos unterwirft und aufgibt und selbst in die eigene Vernichtung einwilligt und sich dadurch vernichtet. Sehr oft hatte ich beschlossen gehabt, mich gänzlich von ihm zurückzuziehen, mich für immer von ihm zu trennen, aber immer wieder hatten gewisse *merkwürdige logische Umstände* das verhindert, aber letztenendes immer solche, wie ich glaube, für ihn, nicht für mich, zweckmäßig logische Umstände. Zeitweise und immer wieder hatte ich vor ihm Angst gehabt, immer eine wohlbegründete Angst, die ich mir aber auch heute nicht gänzlich erklären kann. Der Augenblick, in welchem ich ihm in der Apotheke in der Hasenauer Straße zum erstenmal begegnet war, hatte mich ihm, aus was für einem und aus was für vielen Gründen immer, ausliefern lassen, das war schon sehr früh erkennbar gewesen. Er war auf einen solchen ihm hörigen Menschen angewiesen gewesen, das hatte mich und meine Existenz schließlich, weil diese Willenskraft von einem so starken und bedingungslos fordernden Charakter wie Koller ausgegangen war, ich will nicht sagen, zur Gänze, aber doch in einem Höchstmaß an die seinige binden, ja ketten müssen. Tatsächlich war die Initiative unseres Zusammenseins fast immer von mir aus gegangen gewesen und am ersten Tag im Gymnasium hatte Koller meinen Wunsch, neben ihm Platz nehmen zu dürfen, glatt abgelehnt gehabt, instinktiv, wie ich heute weiß. So, von ihm vor den Kopf gestoßen und zwei Bänke hinter ihm sitzend, hatte ich naturgemäß damals, zu dem Zeitpunkt seiner diesbezüglichen Rücksichtslosigkeit keinerlei Ahnung von deren Ursache haben können und hatte lange unter der Tatsache, daß er mich abgewehrt hatte, gelitten, ja jahrelang darunter zu leiden gehabt. Solange ich ihn gekannt habe, hatte ich immer den Wunsch, mit ihm in eine nähere als nur oberflächliche Beziehung einzutreten, in eine tiefere Vertrautheit, aber sein Wesen duldete es nicht, mir meinen Wunsch, der ihm möglicherweise sogar als ein unstatthaftes Ansinnen vorgekommen war, zu erfüllen, indem ich andauernd den Versuch einer Annäherung gemacht hatte, ganz offen ihm gegenüber fortwährend den Wunsch gehabt hatte, mich ihm auch in einer tieferen *geistigen* Beziehung anzuschließen und er gegen alle diese meine Versuche und Wünsche alles unternommen hatte, was ihm nur möglich gewesen war, konnte das Verhältnis zwischen mir und ihm niemals ein solches von mir *gewünschtes noch tieferes* sein, als es natürlich, den Umständen und dem jahrelangen Umgang entsprechend schon gewesen war. Er hatte mich an seinem Denken nur ungern teilnehmen und an seinen Erfahrungen nur bis zu einem *bestimmten, ihm in keiner Weise schädlichen Grade* partizipieren lassen. Andererseits hatte er zu keinem einzigen Mitschüler im Gymnasium und, wie ich weiß danach auch zu keinem anderen Menschen ein näheres und innigeres Verhältnis als zu mir gehabt, das hatte er, auch wenn er es niemals ausgesprochen hatte, immer wieder zugegeben. Sein Elternhaus war ihm, wie ich weiß, schon sehr früh entfremdet gewesen und er war ja kein Mensch, dem sich Andere auf die natürliche Weise annähern konnten, er selbst war sich zeitlebens ein Haupthindernis aller Menschenbeziehungen gewesen und er existierte aus dieser Tatsache, das Gegenteil hätte ihn unweigerlich und empfindlich schwächen und letztenendes vernichten müssen. Er war von Natur aus dazu angelegt gewesen, einen *Geistes*weg zu gehen, wie er es selbst nannte und das bedeutete nichts anderes, als daß er vollkommen allein zu gehen hatte. Für diesen höchsten aller Schwierigkeitsgrade zu leben und zu existieren aber, war er geboren gewesen. Kein Beispiel mit einer größeren Folgerichtigkeit und Konsequenz dafür ist mir später bekannt geworden. Er mußte zeitlebens den Eindruck gehabt haben, daß er sich in einer Welt aufzuhalten hatte, in welcher es keine anderen als nur Gescheiterte gibt, die schon an dem ersten höheren Schwierigkeitsgrad des Geistes gescheitert sind, weil sie entweder von Natur aus für einen solchen Geistesweg und also für einen solchen Lebens- und Existenzschwierigkeitsgrad nicht bestimmt waren oder weil sie es gar nicht in Betracht gezogen hatten, sich einem solchen Geistesweg und also einer solchen Lebens- und Existenzschwierigkeit auszusetzen. Insoferne und weil er die Zusammenhänge in dieser Beziehung sehr wohl gekannt hatte, durfte er mit Recht seinen Geistesweg gehen und er ist ihn gegangen und so konsequent gegangen wie kein Anderer. Die Umwelt war ihm natürlich ein lebenslänglicher Vorwurf gewesen, aber die Umwelt hatte ihn in dieser Beziehung niemals gekümmert und also hatte ihn dieser Vorwurf auch niemals gekümmert, er hatte sich zeitlebens nur sich selbst verantwortlich gefühlt und, sich selbst betreffend, zeitlebens ein höchstes sogenanntes Verantwortungsbewußtsein gehabt, das hatte er an jedem Tag und tatsächlich ununterbrochen und in allen seinen Handlungen und Äußerungen bewiesen. Daß ein solcher Mensch für sich und für die Anderen alle Augenblicke bis an die äußerste Grenze der Unerträglichkeit gehen muß, darf nicht verwundern. Die Billigesser waren ihm jahrelang der einzige Umgang gewesen, aber auch die Billigesser waren ihm naturgemäß in ihrer Beziehung zu ihm nicht näher als bis zu der Grenze gekommen, die er gegen sie und also sich selbst und also seiner Wissenschaft und also seiner Naturwissenschaft und also dann eigentlich nurmehr noch seiner Physiognomie zuliebe genau dort gesetzt hatte, wo er absolut ungestört und für sich allein bleiben hatte wollen und die Billigesser waren ihm, solange er mit ihnen Kontakt gehabt hatte, auch nichts anderes gewesen als nurmehr noch ein für sein Denken und also für seine Wissenschaft und zuletzt jahrelang wenn ihm selbst auch noch immer unbewußt, Material für seine Denk- und Wissenschafts*zwecke*, ganz einfach nichts anderes gewesen mit der Zeit als der sein ganzes Interesse beanspruchende *Wissenschaftsstoff*, welcher ihm in dem Augenblick deutlich und klar geworden war, in welchem er *urplötzlich* im Wertheimsteinpark nicht zur alten Esche, sondern zur alten Eiche gegangen war, in dem Augenblick seines Ereignisses, auf welches ihm tatsächlich nach diesem Ereignis alles bezogen gewesen war. Genau an dem Punkt, an welchem er, anstatt weiterzukommen, urplötzlich vor nichts anderem mehr als vor Hoffnungslosigkeit (in seinem Kopf) seine Wissenschaft betreffend, gestanden war, waren ihm auf dem Weg zur Eiche (und nicht zur Esche) die Billigesser zuhilfe gekommen und hatten seine Arbeit und also ihn selbst gerettet. Aber die eigentliche Bedeutung der Billigesser hatte er naturgemäß vor dem Ereignis überhaupt nicht erkennen können, sie waren ihm nur eine tagtägliche Zuflucht zu den Menschen gewesen, von welchen er sich längst getrennt hatte, schon jahrelang konsequent getrennt hatte seiner Wissenschaft zuliebe, aus welcher er immer schon seine Existenz bezogen hatte, aus nichts anderem. Er hatte schon jahrelang als Menschen nurmehr noch die Billigesser geduldet, keinen anderen Menschen, auch ich war ihm in der letzten Zeit aus dem Weg gegangen und nur auf dem Weg in unsere Gasthäuser, er in die WÖK in der Döblinger Hauptstraße und ich in das Auge Gottes in der Nußdorfer Straße, hatten wir uns getroffen, beinahe immer auf dem gleichen Punkt, auf welchem sich unsere Wege kreuzten. Wir waren dann stehengeblieben und hatten uns unterhalten, aber es war naturgemäß nurmehr noch eine sogenannte physiognomische Unterhaltung gewesen, die, wenn wir uns getroffen haben, von ihm, Koller, immer genau da weiter- und fortgeführt worden war, an welcher sie bei unserem letztvergangenen Treffen von ihm, Koller, abgebrochen gewesen war. Er hatte eine Zeitlang über seine Physiognomie geredet und dann abrupt die Unterhaltung, die natürlich überhaupt nurmehr noch daraus bestanden hatte, daß er allein auf mich einredete und ich zu schweigen hatte, abgebrochen, wie immer rücksichtslos, ohne sich um mich zu kümmern. Er drehte sich dann ganz einfach um und ging weiter. Er hatte es nicht einmal mehr der Mühe wert gefunden, ein Abschiedswort zu sagen. Ich war es schon gewohnt gewesen auf diese Weise von ihm mißhandelt zu werden. Es hat natürlich Zeiten gegeben, da hatte ich die Begegnung mit ihm gefürchtet und ich war ihm ganz bewußt aus dem Weg gegangen immer dann, wenn ich mich für eine Begegnung mit ihm nicht mehr stark genug gefühlt hatte. Er hatte immer mehr gefordert, als ich ihm zu geben imstande gewesen war, auch von allen Andern, die er aber mit der Zeit aufgegeben hatte oder die ihn fallengelassen hatten. Ich selbst hatte aber nicht einen Augenblick daran gedacht, mich ihm vollkommen zu entziehen, was mir wahrscheinlich gar nicht möglich gewesen wäre, weil ich ihn doch verstanden habe und weil er mir, auch in der Unleidlichkeit und in der Unerträglichkeit, nahe gestanden war. Erst in den letzten acht Tagen schien *er* sich mir angenähert zu haben und wir waren zusammen mehrere Male im Auge Gottes gewesen, aber er hatte im Auge Gottes, während ich gegessen habe, natürlich nur ein Glas Bier getrunken, weil er vorher schon in der WÖK gegessen gehabt hatte, auf welches ich ihn jedesmal eingeladen, das er sich aber niemals zahlen hatte lassen. Hier, im Auge Gottes, hatte er mir dann die Billigesser als zentrales Kapitel seiner Physiognomie auseinandergesetzt. Es war seine Gewohnheit und für ihn eine Selbstverständlichkeit gewesen, mit dem Rücken zur Wand zu sitzen und immer nur so mit dem Rücken zur Wand zu sitzen, daß er von sich aus den ganzen Raum überblicken hatte können, er hatte absolut keinen anderen als einen solchen Platz geduldet, von welchem aus ihm in dem Raum, in welchem er schließlich wie immer doch mühselig zum Sitzen gekommen war, nichts entgehen konnte und so waren wir naturgemäß auch im Auge Gottes so gesessen, daß ihm nichts entgehen hatte können, was gar nicht einfach gewesen war, weil auch das Auge Gottes immer voll besetzt gewesen war. Anscheinend hatte er aufeinmal Lust gehabt, mich im Auge Gottes zu treffen um mir die Billigesser auseinanderzusetzen, denn er war es gewesen, der diese Zusammenkünfte im Auge Gottes initiiert hatte. Und ich hatte schon aus dem Grunde nichts gegen diese Zusammenkünfte im Auge Gottes gehabt, weil mich selbst die Billigesser interessiert hatten und die Art und Weise, mit welcher er, Koller, mir die Billigesser auseinandergesetzt hatte, war aufeinmal wieder die faszinierende gewesen, die ich früher an ihm bewundert hatte. Es schien, als habe er plötzlich wieder ein Thema gefunden, das ihn selbst wie kein anderes fesselte und tatsächlich hatte er ja aufeinmal *sein* Thema gefunden, nämlich durch den Umstand, daß er an dem fraglichen Tag zur alten Eiche und nicht zur alten Esche gegangen war, die Billigesser, von welchen er natürlich jetzt auch reden und reden mußte, weil ihn, wie er einmal selbst gesagt hatte, das Denken *und* Schweigen allein darüber wahrscheinlich bald verrückt gemachte hätte und ich war ihm als Zuhörer gerade willkommen gewesen. Er brauchte Menschen um sich, um allein sein zu können, wie ich und das Auge Gottes war mir wie ihm die WÖK zu dem Zweck des Alleinseins immer ideal gewesen, idealer als die für das Alleinseinkönnen an sich schon idealen Kaffeehäuser und ich habe das Auge Gottes wahrscheinlich immer aus demselben Grund aufgesucht, wie er die WÖK in der Döblinger Hauptstraße. Das Auge Gottes war lange Zeit das Lokal gewesen, ohne welches ich nicht existieren hätte können, wie er, Koller, ohne seine WÖK nicht existieren hätte können, wenn es sich auch tatsächlich so verhalten hatte, daß er das Auge Gottes letztenendes genauso verachtet hatte wie ich die WÖK in der Döblinger Hauptstraße, er war niemals vom Auge Gottes zu überzeugen gewesen, ich niemals von seiner WÖK, in welcher ich alles das niemals vorgefunden habe, was mir das Auge Gottes lebensnotwendig gemacht hat, wie er im Auge Gottes niemals vorgefunden hatte, was ihm in seiner WÖK sozusagen das tagtägliche Umundauf gewesen war. Einmal hatte er tatsächlich gesagt, er sei in höchstem Grade ein WÖKmensch, ich in demselben höchsten Grade ein Augegottesmensch und es war klar gewesen, daß er den sogenannten WÖKmenschen sehr viel höher einschätzte als den sogenannten Augegottesmenschen. Aber in dieser letzten Woche unserer Beziehung hatten diese Überlegungen keinerlei Bedeutung mehr gehabt. Er war nicht nur widerstandslos, sondern auffallend gern in das Auge Gottes hineingegangen, er hatte mich jedesmal dazu ermuntert, ihn ins Auge Gottes mitzunehmen. Möglicherweise hatte er an dieser Selbstüberwindung, die es ihm ermöglichte, in und zwar mit mir in das Auge Gottes hineinzugehen, aufeinmal Gefallen gefunden gehabt, es hatte diesen Anschein. Der Grund war freilich sofort erkennbar gewesen, in der WÖK war niemand gewesen, dem er seine Billigesser vortragen hätte können, denn *Die Billigesser* den Billigessern vorzutragen, wäre ihm tatsächlich als das Absurdeste vorgekommen und wäre ja auch tatsächlich vollkommen unmöglich gewesen, so mußte er, weil er keinen anderen für diesen lebensnotwendigen Zweck gehabt hatte, auf mich gekommen sein und das hatte ihn auch an sich die Selbstüberwindung, ins Auge Gottes hineinzugehn mit mir, um mir die Billigesser vorzutragen, praktizieren lassen, er hatte gar keine andere Wahl gehabt, denn das war ihm klar gewesen, daß er jetzt auf einen Menschen für seinen Vortrag über die Billigesser nicht verzichten hatte können und daß ich im Grunde für seinen Vortrag über die Billigesser der ideale Mensch und Zuhörer gewesen war, kein Anderer wäre letztenendes dafür in Frage gekommen, kein Anderer wäre ihm für diese Auseinandersetzung zur Verfügung gestanden, kein Anderer hätte in sein Experiment eingewilligt. Der hohe Grad der Selbstüberwindung seinerseits ist leicht erkennbar, wenn seine Abneigung in Betracht gezogen ist, die er so viele Jahre lang gegen das Auge Gottes gehegt und gepflegt hatte und die er immer ganz offen allein schon zu dem Zwecke zur Schau getragen hatte, mich zu verletzen. Denn jahrelang hatte ich ihn ermuntert und eingeladen, mit mir in das Auge Gottes hineinzugehen und er hatte abgelehnt und mich mit seiner Ablehnung immer auch gleich verhöhnt gehabt. Er hatte das Auge Gottes immer gehaßt und in den Haß gegen das Auge Gottes auch immer alle Leute, die in das Auge Gottes gegangen waren, eingeschlossen gehabt, folgerichtig auch mich gehaßt gehabt, mit der gleichen Intensität, mit welcher er seine WÖK geliebt hatte. Jetzt aber hatte er sich sogar überwinden müssen, ins Auge Gottes hineinzugehen, von welchem er einmal gesagt hatte, daß er es niemals in seinem Leben und unter keinen Umständen betreten werde, denn es sei ihm wie nichts auf der Welt widerwärtig und der Vorschlag, eines Tages das Auge Gottes zu betreten, war nicht einmal von mir, sondern von ihm selbst ausgegangen gewesen, ich hatte geglaubt, ich hörte nicht recht, wie er den Wunsch geäußert hatte. Die Leute im Auge Gottes hatten ihn natürlich gekannt, denn er war eine ihnen allen bekannte Erscheinung gewesen, wenn sie auch nicht viel über ihn wissen konnten, denn im ganzen Neunten Bezirk war er wohl eine der auffallendsten Erscheinungen überhaupt gewesen, einer der drei, vier auffallenden Krüppel, die sich tagsüber durch den Neunten Bezirk bewegten und die ganze Aufmerksamkeit auf sich zogen, sozusagen einer von den drei, vier außerordentlichen Berühmtheiten im Neunten Bezirk, welche an ihrer Verkrüppelung und an der Handhabung ihrer Krücken von jedem schon von weitem zu erkennen gewesen waren, wobei Koller sicher von allen der Auffallendste gewesen war. So hatten sich auch alle im Auge Gottes sofort nach ihm umgedreht, wie ich mit ihm zum erstenmal eingetreten war und es war klar, daß sie ihn erkannt hatten, auch, daß sie genau gewußt hatten, daß er ein WÖKmensch und kein Augegottesmensch ist, sie waren auch total verwundert gewesen über die Tatsache, daß der WÖKmensch Koller in das Auge Gottes eintritt und sich tatsächlich im Auge

Gottes niederläßt. Das hätten sie nie für möglich gehalten. Sie konnten naturgemäß keine Ahnung davon haben, was der Grund dieser urplötzlichen Außergewöhnlichkeit gewesen war. Der Kellner war ihm gegenüber so zuvorkommend gewesen, wie ich es noch niemals vorher erlebt hatte und hatte dem Koller sogar die Krücken an der Wand aufgehängt, wohl wissend, daß, wenn er sie an die Wand *lehnte*, sie gleich wieder umfallen würden und er hatte dem Koller auf das Sorgfältigste den Sessel untergeschoben und ihm ein frisches Tischtuch aufgebreitet, was im Auge Gottes noch niemals vorgekommen war, obwohl der Kellner schon im Eintreten Kollers in das Auge Gottes gewußt hatte, daß der Koller kein Essen bestellen, sondern nur etwas trinken wird. Soweit, daß er sich im Auge Gottes ein Essen bestellt hätte, durfte sich der Koller als WÖKmensch im Auge Gottes nicht erniedrigen lassen. Und ebenso hätte er es als Erniedrigung auffassen müssen, wenn er sich das Glas Bier, das er dann bestellt hatte, von mir hätte bezahlen lassen, das hatte er gleich, nachdem er sich hingesetzt hatte, klargemacht, daß er sich sein Glas Bier selbst bezahle, nur unter dieser Voraussetzung wäre er überhaupt mit mir in das Auge Gottes hereingegangen, von welchem er immer alles, nur nichts Positives behauptet hatte. Natürlich hatte er das Auge Gottes nur mit Vorsicht betreten. Im Hinsetzen hatte er, während ihm, wie gesagt, der Kellner den Sessel untergeschoben hatte, festgestellt, daß der Tisch wackelt und er hat längere Zeit vorwurfsvoll, wenn auch kaum merkbar, an dem Tisch gerüttelt, so daß der Kellner, wie er dem Koller den Sessel untergeschoben gehabt hatte, einen Bierfilz unter einen der Tischfüße schieben hatte müssen, zu diesem Zweck hatte sich der Kellner bücken müssen und zwar solange bücken müssen, bis der von Koller unaufhörlich hin- und hergerückte Tisch nicht mehr gewackelt hatte, offensichtlich hatte es dem Koller ein Vergnügen gemacht, nach und nach, bevor er noch mit seinem Vortrag über die Billigesser begonnen hatte, eine Anzahl mehr oder weniger gravierender Mängel im Auge Gottes festzustellen und auch aufzuzeigen, den Anfang hatte er ja schon gemacht, indem er den Kellner auf den wackeligen Tisch aufmerksam gemacht hatte, aber gleich nachdem der Kellner wieder aufgestanden war, hatte der Koller ihn darauf hingewiesen, daß die Bilder, die im Auge Gottes an der Wand hingen, alle schief an der Wand hingen, er, Koller, verlange natürlich nicht, daß der Kellner jetzt alle diese schiefhängenden Bilder, Darstellungen von Gebirgsdörfern und von bäuerlichen Menschen in diesen Gebirgsdörfern, jetzt, in seiner, Kollers Gegenwart, gerade richte, ein solches Verlangen habe er, Koller, gar nicht, aber auf die Dauer, er hatte tatsächlich *auf die Dauer* gesagt, gingen ihm, Koller, diese schief an der Wand hängenden Bilder doch auf die Nerven, er habe sein ganzes Leben lang schiefhängende Bilder gehaßt und immer Räumlichkeiten mit schiefhängenden Bildern gemieden, mir gegenüber hatte er dann, wie der Kellner weggegangen war, gesagt, daß es tatsächlich zwei Menschenkategorien gibt, die eine empfinde nichts, wenn sie schiefhängende Bilder sehe, die andere verzweifelte daran und es sei den Menschen immer auch gleich abzulesen, zu welcher der beiden Kategorien sie zu zählen seien, zu der einen, welcher schiefhängende Bilder an der Wand nichts ausmachten, oder zu der anderen, die die Tatsache schiefhängender Bilder an der Wand mit der Zeit wahnsinnig mache, er, Koller, gehöre zu dieser zweiten Kategorie, aber er habe natürlich kein Recht, gerade im Auge Gottes zu verlangen, daß der Kellner die Bilder gerade hänge. Er bekrittelte dann auch die schlechte Luft im Auge Gottes, welche sich auf für das Auge Gottes bezeichnende Weise von der außerordentlich guten Luft in seiner WÖK unterscheide, die Augegottesleute lüfteten den ganzen Tag nicht, so er, während die WÖKleute immer wieder lüfteten, aber zu den Augegottesleuten paßte diese schlechte geistfeindliche Luft, dieser geistfeindliche Sauerstoffmangel, welcher für die Augegottesleute charakteristisch sei. In solcher schlechten Luft, so er,

Koller, würden die Gedanken schon in ihrem Anfangsstadium erstickt, könnten sich in keinem Falle entwickeln und der Primitive bemerke das nicht und fühle sich im Auge Gottes wohl, weil ihm die Geistfeindlichkeit der Augegottesatmosphäre gar nicht zu Bewußtsein komme. Er, Koller, habe sich bis zum Äußersten zusammenzunehmen, um hier im Auge Gottes, Gedanken entwickeln zu können, aber es machte ihm letztenendes deshalb keine Schwierigkeiten, weil ihm der tatsächliche Zustand im Auge Gottes vollkommen bewußt sei zum Unterschied von den Augegottesleuten, denen der Zustand, der hier im Auge Gottes herrsche, niemals bewußt sei, was diese Leute allein durch ihre dauernde Anwesenheit im Auge Gottes unter Beweis stellten. Mir zuliebe, so er, wäre er in das Auge Gottes hereingegangen. Ich hatte dazu nur denken müssen, daß er schon so lange Zeit, schon so viele Jahre immer nur sich selbst zuliebe alles getan hatte, also war er auch, entgegen seiner Behauptung, nur sich selbst zuliebe jetzt mit mir in das Auge Gottes hereingegangen und er hatte sich tatsächlich auf einmal so verhalten, als habe er vergessen, daß er mich und nicht ich ihn aufgefordert hatte, in das Auge Gottes zu gehen, aber ich durfte naturgemäß auch nicht glauben, daß er darauf vergessen hatte, denn er hatte naturgemäß nicht darauf vergessen gehabt. Alles war, einmal mit ihm in Berührung

gekommen, augenblicklich seinem Zweck unter-
geordnet, das ununterbrochen zu wissen, war natürlich für mich ein Vorteil gewesen. Er hatte nur
einen einzigen Schluck Bier getrunken und sich
zurückgelehnt und sein Kunstbein ausgestreckt
und war dann auch schon gleich mitten in seinem
Thema, seiner Physiognomie, gewesen, naturgemäß jetzt nurmehr noch ausschließlich bei den
Billigessern. Wie ich ihn jetzt beobachtete, sich
zuerst völlig wortlos und in sich zurückgezogen
und auf das Äußerste angespannt zurückgelehnt
vergewissernd, ob ich wohl auch würdig, gleichzeitig fähig sei, seinen Ausführungen, die jetzt
kommen sollten, zu folgen und ob ich alles, was er
mir bisher in Beziehung auf sein Lebensthema, die
Physiognomie auseinandergesetzt hatte, auch
wirklich und tatsächlich begriffen habe, ein
Mann, der die vierzig schon überschritten und
sich, genau genommen, längst aus der Welt entfernt und sich auf sein ihm ureigenes Denken
zurückgezogen hatte, auf sein Lebensthema also,
welches ihm alles, das Übrige tatsächlich nichts
mehr bedeutete, mußte ich daran denken, daß es
noch nicht gar solange her zu sein schien, daß er
an der Hand seiner Mutter in die Apotheke in der
Gymnasiumstraße eingetreten war, um ein Medikament gegen seine chronische Augenentzün-
dung in Empfang zu nehmen. Der Jüngling, der
er damals gewesen war, hatte alle Vorzüge, die die

Natur einem jungen Menschen zu geben hat, an und auch in sich gehabt und war mir, alles in allem, als ein sehr gelungenes Beispiel eines jungen, ja tatsächlich schönen und glücklichen Menschen erschienen, welcher mich sofort auf die ebenso eigenartigste wie endgültige Weise angezogen gehabt hatte. Ich selbst hatte mich weit weniger naturbegünstigt und weit weniger glücklich eingeschätzt gehabt, wenngleich mir meine Vorzüge durchaus bewußt gewesen waren. In Koller hatte ich aber sofort den von Natur aus glücklichen Menschen beneidet, in welchem alles auf die natürlichste Weise angelegt und nichts als schönste Voraussetzung für die Zukunft gewesen war. Ich hatte so viele Trümpfe als nur möglich in der Hand (und in meinem Kopf) gehabt, aber Koller schien zu allen diesen Trümpfen noch mehr und überhaupt alles Wünschenswerte gehabt zu haben. Ich beneidete diesen Menschen vom ersten Augenblick an, das hatte er natürlich bemerken müssen. Ich wäre, habe ich oft gedacht, im Gymnasium zweifellos der Erste gewesen, wenn er nicht gewesen wäre, so hatte ich immer nur der Zweite zu sein, solange ich ihn gekannt habe. Es hatte natürlich eine Zeit gegeben, in welcher ich den Versuch gemacht hatte, ihn zu übertrumpfen, aber ich hatte sehr bald und dann für immer in diesem von vornherein sinnlosen Versuch aufgegeben gehabt, mich mit der Tatsache, daß ich von dem Augenblick an, in welchem er in mein Leben eingetreten gewesen war, der Zweite zu sein hatte, abgefunden. Wäre ich nicht an ihn gekommen, wäre ich also damals, an dem ersten Gymnasiumstag, nicht in die Apotheke hineingegangen, wie ich heute denke, ich wäre wahrscheinlich mein ganzes Leben immer der Erste gewesen, so hatte ich durch den Umstand, daß ich in die Apotheke in der Hasenauer Straße hineingegangen bin gerade zu dem Zeitpunkt, in welchem auch Koller in die Apotheke hineingegangen war, diese Chance für immer verloren gehabt. Seine Gegenwart hatte von mir aus gesehen schon sehr bald nurmehr noch die Aufgabe haben können, mich zu schwächen, während er sich durch die Tatsache meines Vorhandenseins, mehr und mehr steigern hatte können und in dem Maße, in welchem ich von ihm geschwächt worden war, hatte er sich durch mich und indem er sich diesen Vorgang bewußt zu machen auch noch sehr früh schon in der Lage gewesen war, mit der größten Selbstverständlichkeit, Rücksichtslosigkeit, wie ich heute einsehe und Entschiedenheit, stärken können. Es war schon von Anfang an nurmehr noch eine Wechselwirkung zwischen uns beiden gewesen, von welcher er in einem Höchstmaß zu profitieren hatte, während ich in dem gleichen Verhältnis von ihm geschwächt, ja tatsächlich unterdrückt worden war.

In ganz wenigen Augenblicken, in welchen er sich damals im Auge Gottes meiner Aufmerksamkeit versicherte, meines Aufnahmevermögens, wozu ihm ein einziger allein von seinem Scharfsinn auf mich geworfener Blick genügte, hatte ich mir meine damalige Situation ihm gegenüber deutlich gemacht, in wenigen Augenblicken die ganzen Jahre vom Beginn des Gymnasiums herauf bis jetzt, da ich ihm in genau derselben Situation gegenübergesessen war wie damals, um mich voll und ganz seiner Rücksichtslosigkeit auszuliefern, wie immer, seinem Experiment, mich für seinen Wissenschaftszweck zu mißbrauchen und hatte alle diese unser Verhältnis illustrierenden wichtigen und entscheidenden Bilder passieren lassen. Ich hatte es nicht notwendig gehabt, jetzt, im Auge Gottes, zu fragen warum, also was der Grund der Natur gewesen sei, das aus dem jungen Menschen, der er vor dreißig Jahren gewesen war, zu machen, was er jetzt im Auge Gottes für mich gewesen ist, nämlich aus dem schönen, in jeder Beziehung anziehenden beneidenswerten, den absolut abstoßenden Krüppel und Geistesmenschen. So erbärmlich und gleichzeitig abstoßend sein Anblick jetzt gewesen war, es war nichts als klar gewesen, *er* hatte sich durchgesetzt. Er hatte jetzt noch mehr und, wie ihm wahrscheinlich auch bewußt gewesen war, mit vollem Recht, triumphieren können. Er hatte sich ja

schon lange vor dem Zeitpunkt, zu welchem ihn
der wellersche Hund in das Bein gebissen und ihn
unvermittelt zum Krüppel gemacht hatte, abgesondert und isoliert gehabt, die Tatsache, daß ihn
der wellersche Hund gebissen hatte, hatte ihn nur
in seiner eigenen Entscheidung, die Abgeschlos-
senheit und die Isolation aufzusuchen seinen Gedanken zuliebe, bestärkt. Es ist auch kein absurder Gedanke, zu behaupten, er habe seinem nun
einmal in sich selbst und zwar auf bedingungslose
Weise gefällten Entschluß, sich seinem schon damals mehr als alles andere physiognomischen
Denken vollkommen zu unterwerfen, auch ein
deutlich sichtbares äußeres Kennzeichen dadurch
verschaffen wollen, daß er in eine solche Verkrüppelung, wie sie ihn dann tatsächlich verstüm-
melte, einwilligte, überspitzt gesagt, daß er seinen
Körper verunstaltete und in der Folge ganz einfach mehr oder weniger vernichtete, seinem Geist
zuliebe, denn an ihm, Koller, war wie an keinem
anderen Menschen deutlicher sichtbar, daß er tatsächlich sein eigenes Werk gewesen war, in jeder
Beziehung. Denn seine Verstümmelung und Verkrüppelung und sein ihm aus dieser Verstümmelung und Verkrüppelung schließlich ganz selbstverständlich zugekommenes abstoßendes Äußeres waren auch und wahrscheinlich sogar seine
wichtigsten Machtmittel gewesen, die er immer
und überall einsetzte und auch dort einzusetzen

sich niemals geschämt hatte, wo es tatsächlich unstatthaft und niederträchtig gewesen war. Ich gehe so weit, zu sagen, daß er tatsächlich den wellerschen Hund im Türkenschanzpark angezogen hatte mit seiner Willenskraft und möglicherweise auch schon die Folgen eines tatsächlichen Bisses des wellerschen Hundes schon in Betracht gezogen gehabt hatte, bevor der wellersche Hund überhaupt auf ihn gestürzt war, denn da, wie er selbst immer wieder sagte, der Zufall auszuschließen ist, mußte der wellersche Hundebiß schon bevor er tatsächlich ausgeführt worden war, in dem kollerschen Konzept seinen Platz gehabt haben. Schließlich hatte er, Koller, einmal gesagt, daß der wellersche Hundebiß in Wahrheit sein, Kollers Werk sei, und an der Ernsthaftigkeit gerade dieser Äußerung will ich nicht zweifeln. Der Glasindustrielle Weller hatte einen Vergleich haben wollen, aber Koller hatte es naturgemäß auf einen Prozeß ankommen lassen, der von Koller ebenso naturgemäß gewonnen worden war und vollkommen und zwar bis in die kleinsten Einzelheiten hinein in seinem, Kollers Sinn. Darauf hatte er, Koller, sehr oft hingewiesen und nicht ohne Stolz. Die Zweihunderttausend, die Weller an ihn hatte auszahlen müssen, hatte Koller so angelegt, daß sich ihr Wert tatsächlich niemals verringerte und sie waren natürlich sein, wie er es genannt hatte, Hauptrückhalt gewesen, aber er hatte diese Zweihunderttausend niemals angegriffen. Aber wenn ich alles das in Betracht ziehe, muß ich doch denken, daß er letztenendes ein erbarmungswürdiger Mensch gewesen ist, *auch* ein erbarmungswürdiger Mensch. Er war genauso sein Werk, wie das Produkt seiner Erzieher, seiner Eltern, die er aber tatsächlich niemals als Eltern anerkannt hatte, er hatte sich immer geweigert, von Eltern zu sprechen, wenn er von seinen Eltern gesprochen hat, niemals hatte er Mutter oder Vater gesagt, obwohl natürlich seine Mutter, seine Mutter und sein Vater sein Vater gewesen waren. Er verachtete den Elternbegriff, haßte alles, das mit Familie zusammenhängt naturgemäß und es ekelte ihn tatsächlich immer vor dem Wort *Herkunft*. Es war ihm immer unmöglich gewesen, in eine Familie hineinzugehn, er hatte das niemals getan, solange ich ihn gekannt habe. Er verachtete jedes sogenannte Zusammengehörigkeitsgefühl wie nichts sonst. Die Masse fürchtete er in jeder Beziehung. Der Einzelgänger hatte sich schon im Gymnasium abgesondert gehabt und sich in keinerlei Gemeinschaft verführen lassen. Sogenannte Schulausflüge hatte er immer nur widerwillig mitgemacht, das ganze Gymnasium, wie ich mich erinnere, nur notgedrungen in Gemeinschaft absolviert, weil es, so er sehr oft, ganz gegen seine Natur und vor allem gegen seinen Kopf gerichtet gewesen war. Er habe einen hohen Prozentsatz seiner Energien darauf zu verwenden gehabt, sich gegen das Gymnasium und dessen Zerstörungsmechanismus zu wehren, gegen die Schule an sich, die gegen die Natur jedes einzelnen gerichtet nur dazu geschaffen sei, die Natur jedes einzelnen zu zersetzen und zu zerstören und in weiterer Folge zu vernichten. Er hatte die Lehrer und Professoren immer nur als Handlanger dieser Naturzersetzungs- und zerstörungs- und vernichtungsmaschine bezeichnet, von welcher neunzig Prozent der Intelligenzmenschheit alljährlich vernichtet werden. Wer nicht schon sehr früh einen Großteil seiner Energie allein darauf verwende, sich gegen den Massenwahnsinn zu stemmen, sei unweigerlich dem Stumpfsinn anheimgefallen, so er. Man müsse aber immer gleichzeitig mit der Geschichte als Masse wie mit der Gegenwart als Masse fertig werden, um überleben zu können, nur den wenigsten gelinge das. Der einzelne habe, genau genommen, immer alles gegen sich und er habe immer gegen alles mit sich selbst fertig zu werden in einem Prozeß, welcher naturgemäß immer nur ein tödlicher Prozeß sein könne. Das Leben oder die Existenz seien nichts anderes, als der unaufhörliche und tatsächlich ununterbrochene verzweifelte Versuch, sich in allen möglichen Beziehungen aus allem herauszuretten in die Zukunft, welche immer wieder nur diesen gleichen unendlichen tödlichen Prozeß eröffne.

Die Masse lehne ja schon den Gedanken, geschweige denn das Denken ab, weil sie sonst augenblicklich vernichtet sei, so hätten wir es mit einer vollkommen gedankenlosen Masse zu tun, die im Grunde gegen nichts, aber immer gegen das Denken sei. Einmal geboren, habe er sich von den sogenannten Eltern und von der an diesen Eltern *klebenden* ganzen Menschheit zu lösen gehabt, nach und nach, aber konsequent und schließlich endgültig, um sich vor seinem eigenen Kopf nicht zutode schämen zu müssen. Ich hatte jetzt, ihm im Auge Gottes gegenübersitzend, von ihm beobachtet und tatsächlich, wie ich weiß, durchschaut, in der Zeit ganz weniger Augenblicke seine Entwicklung verfolgen können und ich war von der Grausamkeit der Logik dieser Entwicklung erschrocken gewesen. Gleichzeitig dürfte ihm meine Lage bewußt und klar gewesen sein, wohin *ich* mich entwickelt hatte, worüber aber hier nichts zu sagen ist. In demselben Maße, in welchem er sich der Welt und also auch in erster Linie der Gesellschaft entzogen, sich ihr ganz einfach verweigert gehabt hatte, war ich in diese Welt und in diese Gesellschaft hineingezogen gewesen, dem Vorwurf gegen mich, aus Geistesschwäche, tatsächlich auch Charakterlosigkeit dieser Welt und dieser Gesellschaft nachgegeben zu haben und von ihr vereinnahmt, ja letztenendes aufgesogen und, wie er sich einmal ausge-

drückt hatte, auf die niedrigste Weise vernichtet
worden zu sein, war ich schon lange Zeit in seiner
Gegenwart ausgesetzt gewesen und hatte diesem
Vorwurf auch nicht mehr entkommen können.
Allein daß ich meinen Beruf (als Bankangestellter)
und überhaupt einen Beruf ergriffen habe, hat er
mir nie verziehen, aber er hatte ja einmal gesagt,
so wie seine Entwicklung vorauszusehen und *in
sich logisch* gewesen sei, wäre es auch die meinige
gewesen, wenn auch in genau der entgegengesetz-
ten Richtung. Andererseits hatte er einmal davon
gesprochen und sogar sehr ausführlich und mir
war vorgekommen, als hätte er mir gegenüber
geradezu eine Studie darin entwickelt, daß er
selbst für meine Entwicklung zu schwach gewesen wäre, wie ich immer denken hatte müssen, daß
ich zu schwach sei für seine Entwicklung. Er habe
schon von dem Augenblick der Geburt an den
Kampf gegen die Masse aufgenommen, während
ich mich schon in demselben Augenblick meiner
Geburt an diese Masse verraten hätte. Neunund-
neunzig Prozent verraten sich schon im Augenblick der Geburt der Masse, so er. Der Geistesmensch habe aber in jedem Falle schon im Augenblick der Geburt den Kampf gegen die Masse
aufzunehmen, sich der Masse zu stellen, es mit ihr
aufzunehmen, das allein legitimiere ihn als den
Geistesmenschen. Wer dieser Masse nachgibt und
sei es in einem einzigen Punkte, habe sich als

Geistesmensch aufgegeben und sei kein Geistesmensch. Daß der Geistesmensch aber naturgemäß
immer die Masse und also unvermeidbar, pathe-
tisch ausgedrückt, die ganze Menschheit gegen
sich habe, sei klar. Aber ebenso klar sei auch, daß
den Kampf gegen die Masse und gegen die
Menschheit nur die Wenigsten aufnehmen und
selbst von diesen Wenigsten scheiterten die meisten von vornherein. Aber allein diesen Kampf
gegen die Masse aufzunehmen, sei schon eine
Ungeheuerlichkeit und wenigstens auf Zeit eine
Legitimation als Geistesmensch. Letztenendes
scheiterten alle, auch welche lebenslänglich gegen
die Masse ankämpfen und also gegen den Stumpfsinn ankämpfen, auch diese wenigen verschlinge
die Masse eines Tages und mache sie für sich
gemein, indem sie ihnen unter Umständen Denk-
mäler errichte oder Marmortafeln in die Mauern
ihrer Wohnungen hineinzementiere, so er. Alle,
auch die, die gegen sie ankämpften und also gegen
den Stumpfsinn ankämpften, seien schließlich aus
dieser Masse gekommen und es sei nur logisch
und natürlich zugleich, daß sie von dieser Masse
wieder verschlungen werden. Er, Koller, bean-
spruche aber auch nichts anderes auf seinem Weg
aus der Masse in die Masse zurück, als den lebenslänglichen Umweg in dem ihm entsprechenden
Geisteszustand. Die sogenannten Eltern hätten
niemals ein Recht auf ihn gehabt, sie hätten sich

sogar lebenslänglich dem Schuldbewußtsein entzogen, ihn erzeugt zu haben und hätten damit das doppelte Elternverbrechen begangen, nämlich das erste, ihn gemacht und das zweite, dieses von ihm so genannte natürliche Verbrechen verdrängt zu haben. Das Experiment, ihn gemacht zu haben, sei ihnen gelungen, so er, jetzt räche er sich aber an ihnen, ihn zum Mittel des gemeinsten, wenn auch natürlichsten Experiments gemacht zu haben, indem er sie mit seiner eigenen Entwicklung bloßstelle und immer auch, lebenslänglich und ununterbrochen aburteile. Da er ein Recht auf seine eigne Entwicklung habe, habe er auch ein Recht, gegen die Masse zu sein, gegen alles zu sein, wenn es ihm darauf ankommt und es komme ihm fortwährend und unausgesetzt darauf an, aus nichts sonst existiere er. Das Verbrechen seiner Eltern an ihm habe ihm die Möglichkeit gegeben, sich genau die Existenz zu schaffen, die die ihm entsprechende sei und er habe sich tatsächlich die ihm entsprechende Existenz geschaffen. Er sei auch niemandem verantwortlich und habe sich immer nur an seine eigenen, an keine anderen Gesetze zu halten. Naturgemäß gerate ein solcher Mensch wie er, alle Augenblicke *in alle Konflikte*, was aber doch nur natürlich und konsequent sei. Er sei, so hatte er einmal gesagt, *von sich besessen* und habe daraus die Konsequenzen zu ziehen und bleibe, auch wenn er fortwährend und tatsächlich ununterbrochen die Konsequenzen daraus ziehe, doch immer er selbst undsofort. Naturgemäß hätte er nie ein Anderer sein können, wie ich nie ein Anderer hätte sein können, weil wir wissen, was die Geschichte ist, so er. Und tatsächlich hatte er nie ein Anderer sein wollen, während ich sehr oft ein Anderer hätte sein wollen. Ich hatte sehr oft er sein wollen, aber er hatte niemals ich sein wollen. Er war lebenslänglich er geblieben, denke ich, wie ich ich, aber er war es immer konsequenter geblieben, wenn auch genauso logisch wie ich. Er war tatsächlich niemals ein Opfer seiner Unsicherheit gewesen, während ich selbst sehr oft ein Opfer meiner Unsicherheit gewesen bin. Jetzt, ihm gegenüber, im Auge Gottes, war mir wieder ganz klar gewesen, warum ich, auf ihn bezogen, naturgemäß immer der Zweite zu sein hatte. Der Unterlegene war dem von seinem eigentlichen Lebensziel nicht mehr weit Entfernten gegenüber gesessen. Noch hatte ich den Satz im Ohr, mit welchem er mich zu dem augenblicklichen Aufsuchen des Auge Gottes-Gasthauses ermuntert hatte und in welchem von einer Einweihung in eine ihm wie nichts wichtige mehr oder weniger philosophische Sache die Rede gewesen war, den er mir gesagt hatte, nachdem er mich, von der gegenüberliegenden Straßenseite zu sich herüber gerufen hatte, mit hoch erhobenem rechten Krückstock und ich hatte ihm, wie immer, sofort gehorcht, automatisch, wie ich jetzt wieder denken mußte, hatte ich seinen Befehl, zu ihm über die Straße zu gehen und dann mit ihm das Auge Gottes aufzusuchen, befolgt, immer wieder hatte ich in den vielen Jahren unserer Gemeinsamkeit, die Absicht gehabt, mich seinen Befehlen, gleich welchen, zu verweigern, aber immer wieder hatte ich und zwar augenblicklich, seine Befehle befolgt, ich hatte keine andere Wahl gehabt, seine Befehle waren ganz einfach auszuführen gewesen, ich hatte mich seiner Befehlsgewalt nicht entziehen können. Es handle sich darum, mir *den zentralen Punkt seiner Schrift über die Physiognomie* zu erklären, er habe diese Schrift jetzt schon lange genug für sich behalten, der Zeitpunkt sei da, in welchem er sich ganz einfach nicht mehr zurückhalten könne, genau in dem Augenblick, in welchem er mich zu dem Zweck der Erläuterung seines zentralen Physiognomiekapitels aufsuchen habe wollen, sei ich ihm über den Weg gelaufen, er habe gerade an mich gedacht gehabt, es sei naturgemäß kein Zufall, daß ich jetzt und zwar augenblicklich an seiner Seite sei, die ganze Angelegenheit sei ihm so wichtig, daß er sich sogar entschließen könne, mit mir in das Auge Gottes hineinzugehen, obwohl er sich einmal geschworen habe, niemals in seinem Leben in das Auge Gottes hineinzugehen, die Billigesser seien ihm wichtiger. Tatsächlich war ich ja auf dem Weg ins

Auge Gottes gewesen, später als üblich und also durfte ich mir zurecht sagen, daß *er mit mir* in das Auge Gottes geht und *nicht ich mit ihm*, obwohl er selbstverständlich der Meinung gewesen war, ich ginge mit ihm ins Auge Gottes, auch, nachdem ich ihn darüber aufgeklärt gehabt hatte, daß ich ja ohnehin auf dem Weg in das Auge Gottes gewesen wäre, ich sei nur von einem mir bekannten Geschäftsmann aus der Paradisgasse, den er nicht kannte, aufgehalten gewesen, sonst wäre ich längst im Auge Gottes gewesen, ob es ihm, Koller, recht sei, daß ich während der Zeit, während welcher er mir seine ihm so wichtige philosophische Erklärung abgebe, meine Mahlzeit esse, hatte ich gesagt und er war damit einverstanden gewesen, niemals vorher, so hatte ich gedacht, wäre er mit einem solchen Ansinnen einverstanden gewesen, daß er sich mit mir auf die philosophische Weise unterhalten hätte, während des Essens, aber er hatte wahrscheinlich keine andere Wahl gehabt und hatte zustimmen müssen und so waren wir ohne weitere Debatte und wie mir schien, für seine Verhältnisse, viel zu schnell, durch die Billrothstraße hinunter in das Auge Gottes hineingegangen. Beim Betreten des Auge Gottes hatte er mehrere Male gesagt, die Tatsache, daß er in das Auge Gottes hineinginge, sei eine niedrige *Denkwürdigkeit*, die er sich aber seiner Physiognomie zuliebe gestatte. Ich sollte aus der Tatsache, daß er mit mir jetzt in das Auge Gottes hineingegangen *sei*, nicht den Schluß ziehen, daß er jetzt mit dem Auge Gottes einverstanden *sei*, er habe seine Meinung über das Auge Gottes nicht geändert, die Umstände hätten ihn gezwungen, das Auge Gottes aufzusuchen, mein urplötzliches Auftauchen, die Tatsache, daß ich auf dem Weg in das Auge Gottes und er nicht mehr in der Lage gewesen sei, seinen Vortrag mir gegenüber weiter aufzuschieben, es sei ihm naturgemäß die größte Überwindung gewesen, auch nur daran zu denken, das Auge Gottes aufzusuchen, ein Akt der Selbstverleugnung, tatsächlich in das Auge Gottes hineinzugehn, sich im Auge Gottes niederzusetzen unter allen diesen stumpfsinnigen, geistfeindlichen fleisch- und gemüsefressenden Augegottesmenschen, die er *zurecht* verachte. Gerade jetzt sei er aber an dem Punkt angelangt, in welchem er mir die Mitteilung über die Billigesser zu machen habe, jetzt und nicht einen Augenblick später und tatsächlich hatte er mich, wie wenn es ihm um jede Minute, wenn nicht um jede Sekunde gegangen wäre, in das Auge Gottes hinein*gedrängt*, ja er hatte seinen rechten Krückstock an meinem Rücken angesetzt gehabt, wie wir das Auge Gottes betreten hatten in der Befürchtung, wir gingen zu langsam hinein und es ginge ihm in der Zwischenzeit einige Intensität seines Vortragswillens verloren. Natürlich hatten uns die Leute im Auge Gottes Platz gemacht, taucht ein Krüppel auf, wird immer Platz gemacht und Kollers Auftreten hatte auf alle im Auge Gottes eine solche ihm in jeder Beziehung entgegenkommende Wirkung hervorgerufen gehabt, die naturgemäß auch ein Platzmachen für ihn und für mich bedeutet hatte und eine Selbstverständlichkeit gewesen war. Mir gerade im Auge Gottes die Billigesser auseinanderzusetzen habe er, so seine eigene Bezeichnung, als Sakrileg empfinden müssen. Aber zu einem späteren Zeitpunkt und also nicht im Auge Gottes, hätte er nicht mehr die Möglichkeit gehabt, mir die Billigesser mitzuteilen und auseinanderzusetzen. Er war, nachdem er sich hingesetzt hatte, naturgemäß in den ersten Augenblicken überhaupt nicht imstande gewesen, etwas zu sagen, denn der Weg durch die Billrothstraße in die Nußdorfer Straße herunter und in das Auge Gottes herein, hatte selbst ihn, der sich, obwohl mit einem Kunstbein, einen unverhältnismäßig raschen Gang zurechtgelegt hatte mit der Zeit, erschöpfen müssen und es war ihm offensichtlich peinlich gewesen, daß ich ihn jetzt, nachdem er Platz genommen gehabt hatte, in seiner Erschöpfung beobachtete, denn er war naturgemäß ein Mensch gewesen, welcher eine solche Beobachtung kaum ertragen hatte können und ich hatte mich in meiner Beobachtung seiner Erschöpfung nicht zurückgehalten, im Gegenteil, diese Beobachtung für mein ihn betreffendes Denken ausgenützt. Nachdem ich mein Essen bestellt hatte, wie von selbst naturgemäß jetzt mit ihm, dem WÖK-menschen, im Auge Gottes, nicht das billigste, hatte er sich erholt gehabt und sehr schnell war seine Beobachtung meiner Person intensiver gewesen, als meine Beobachtung seiner Person und unser tatsächliches Verhältnis war auf diese Weise schon wiederhergestellt. Sozusagen als Einleitung in seinen darauffolgenden Vortrag, hatte er jetzt wieder von seinem Erlebnis gesprochen, von der Tatsache, daß er auf einmal nicht wie gewohnheitsmäßig, so er, im Wertheimsteinpark, dem schönsten, dem wichtigsten aller Wiener Parks, zur alten Esche, sondern zur alten Eiche gegangen und so auf diese für sein Denken charakteristische Weise, auf die Billigesser gekommen sei, urplötzlich vorgestoßen sei in das Zentrum seines Philosophismus. Ich wäre der einzige und tatsächlich geeignetste Mensch und naturgemäß auch Charakter für seinen Vortrag. Es sei mir ja bekannt, daß er auch noch mit einigen Andern aus unserer gemeinsamen Schul- und Studienzeit verkehre, aber alle diese seien dafür nicht geeignet. Es war mir natürlich klar, daß er entgegen seiner eigenen Aussage, in den letzten Jahren überhaupt keinen Verkehr mehr mit jenen von ihm genannten Schul- und Studiengenossen pflegte, weil er schon die längste Zeit und zwar tatsächlich jahrelang überhaupt keinen Menschenverkehr mehr pflegte, abgesehen von den Billigessern, mit welchen er jeden Tag in der WÖK in der Döblinger Hauptstraße zusammengekommen war, die ihm aber letztenendes doch nur Denk*material* und also Philosophie*material* und keine Partner sein konnten in dieser Beziehung. Er habe sich überhaupt noch nie einem einzigen Menschen gegenüber so geäußert wie mir gegenüber, das müsse mir doch zu denken geben, daß ich einen sehr hohen Stellenwert ihm gegenüber hätte, so er. Und über die Billigesser, die ja auch für ihn etwas vollkommen Neues seien, hätte er sich bis jetzt überhaupt keinem Menschen gegenüber geäußert. Jahrelang bin ich mit den Billigessern zusammen und so intensiv zusammen, wie mit keinen anderen Menschen und tatsächlich so regelmäßig wie mit nichts, so er, und aufeinmal sind gerade diese Billigesser, von welchen ich niemals angenommen gehabt habe, daß sie mir mehr bedeuteten, als die tagtäglichen immer wieder mehr oder weniger lieben, mehr oder weniger lästigen oder anziehenden oder nichtanziehenden Eßgenossen, sind gerade diese Billigesser mir in meiner Geistesarbeit *das Wichtigste*. Es hatte ihn selbst am meisten erstaunt, daß er den wahren Wert der Billigesser so viele Jahre überhaupt nicht erkannt hatte, denn er war die ganzen Jahre, die er mit ihnen zusammen

gewesen war, von ihrer allgemeinen Durchschnittlichkeit und sogenannten geistigen Wertlosigkeit (für ihn) überzeugt gewesen. Gerade
diese ihre Durchschnittlichkeit und Unbedeu-
tendheit und sogenannte geistige Wertlosigkeit
hatten ihn aber angezogen gehabt. Hätte er sie
anders eingeschätzt als ganz allgemein und erst
recht für ihn unbedeutend und wertlos und eben
durchschnittlich, sie hätten naturgemäß niemals
die Bedeutung und die Wichtigkeit für ihn erlan-
gen können, die sie jetzt hatten. Er hatte auch jetzt
nicht auf den Hinweis verzichten können, daß er
nicht zufällig auf die Billigesser gekommen sei.
Zuerst, bevor er noch mit seinem eigentlichen
Vortrag beginne, wolle er aber die einzelnen Billigesser vorstellen und er hatte zum erstenmal die
Namen Einzig und Goldschmidt, Grill und Weninger genannt, nicht ohne vorher von mir in
Erfahrung gebracht zu haben, ob mir nicht einer
von den Billigessern bekannt, womöglich *persönlich bekannt* sei, was ich verneinte. Es hätte ja sein
können, so er, daß ich den einen oder anderen von
den Billigessern gekannt hätte, das wäre aber
doch wenig wahrscheinlich gewesen, denn die
Billigesser seien, so er wörtlich, *die Unauffälligsten.*
Da ich keinen von den Billigessern gekannt habe,
hatte er naturgemäß für seine weiteren Ausführungen die noch bessere Voraussetzung, als wenn
ich einen von den Billigessern gekannt hätte, was

allein deshalb ohne weiteres möglich gewesen wäre, weil die Billigesser ja aus dem Neunzehnten Bezirk waren und noch dazu in der Gegend des Neunzehnten Bezirks ansässig gewesen waren, die mir doch wie keine zweite vertraut ist und es hatte mich sogar überrascht, daß ich keinen der Billigesser gekannt habe, weil mir immer vorgekommen war, daß ich die meisten Leute im Neunzehnten Bezirk kenne, wenn auch nicht persönlich, so doch sozusagen und wie immer gesagt wird, vom Sehen her. Und ich kenne niemanden, der aufmerksamer durch den Neunzehnten Bezirk geht, als ich. Jahrzehntelang habe ich meinen Lieblingsbezirk mit der größten Aufmerksamkeit erforscht, seine Gassen, seine Straßen, seine Plätze, seine Parks, seine Menschen. Kein Ort auf der Welt ist mir vertrauter. Wenn überhaupt irgendwo in der Welt zuhause, so habe ich mich immer nur hier im Neunzehnten Bezirk zuhause gefühlt. Hier war ich aufgewachsen, hierher gehörte ich. Nur hatte mich selbstverständlich immer etwas anderes interessiert als ihn, hatte ich immer auch etwas anderes gesehen als er, wie er glauben hatte müssen, um sich zu behaupten, nur die Oberfläche. Aber daß er naturgemäß tiefer in alles eingedrungen ist als ich, darf ich nicht leugnen, er hatte immer andere Voraussetzungen und andere Ziele gehabt als ich, meinen Interessen waren engere Grenzen gesetzt, meine Ziele waren niemals so weit gesteckt gewesen. Ich war ja auch keinen wissenschaftlichen Weg gegangen, einen, wie er es immer genannt hatte, normalen, durchschnittlichen, während er von vornherein für einen sogenannten außerordentlichen bestimmt gewesen war. Seine Existenz war auch immer eine viel gefährlichere gewesen, die Abgründe, in welche er geschaut hatte, waren zweifellos immer die tieferen, die Höhe, in welcher er existiert hatte, immer eine viel höhere, die meiste Zeit sicher schwindelerregende, für welche mir jede Voraussetzung gefehlt hatte. Auch jetzt, während ich ihm im Auge Gottes gegenüber gesessen war, hatte ich mich dieser Tatsachen nicht entziehen können, auch nicht entziehen wollen, diese Tatsachen waren mir ja in seiner Gesellschaft ununterbrochen gegenwärtig und hervorstechendste Kennzeichen dieses unseres Verhältnisses gewesen. Die Linie, die mir von Natur aus gezogen war, hatte er immer als einfache Linie bezeichnet, die seinige, die er selbst sich und zwar gegen die und letztenendes sogar seine Natur gezogen habe, wie er einmal geäußert hatte, als komplizierte. Von vornherein sei sein Geistesvermögen, ererbt oder nicht, so er, größer gewesen als das meinige und er habe sich dieses Geistesvermögen im Laufe der Zeit ihm entsprechend vermehren können, indem er immer nur auf die Vergrößerung dieses seines Geistesvermögens hingearbeitet habe, sich nach und nach die Kunst, das Geistesvermögen zu vergrößern, angeeignet und sich in dieser Kunst schließlich vervollkommnet habe und tatsächlich hatte er mir gegenüber einmal die Bemerkung gemacht, daß er, um allen sogenannten Geistesabwertungen und also Geistesnotzeiten vorzubeugen, sein Geistesvermögen an allen möglichen Punkten (seines Kopfes) angelegt habe, daß er letztenendes tatsächlich schon sehr früh alles getan habe, um einer unwillkürlichen geistigen Mittellosigkeit vorzubeugen, daß er jederzeit auf dieses gut angelegte Geistesvermögen zurückgreifen könne und also geistig vollkommen unabhängig sei. Es sei ihm die Tatsache immer erschreckend gewesen, daß die meisten Leute schon sehr früh ihr Geistesvermögen aufgebraucht haben und aufeinmal und urplötzlich vor dem Nichts stehen und den Rest des Lebens dann mit dem von ihm so genannten Geistesexistenzminimum dahinvegetieren. Wie die Kaufleute Geld, sollten die Geistesmenschen Gedanken anlegen und wie der Kaufmann den Gang der Geschäfte verfolge, solle der Geistesmensch den Gang des Denkens verfolgen, der Kaufmann verfolge die Aktienbörse, so Koller, der Geistesmensch die Gedankenbörse. Der Denker solle in dieser Beziehung so handeln wie der Kaufmann und je geschickter, desto besser natürlich und weder der Kaufmann, noch der Denker hätten sich dieser ihrer Handlungsweise zu schämen. Aber wie es bekanntlich nur wenige erste Kaufleute gibt, gibt es auch nur wenige erste Denker. Was ihn betreffe, so habe er sich schon sehr früh vor allem darauf eingestellt gehabt, keinerlei Ratschläge, von welcher Seite auch immer, zu befolgen, ja, es sich sogar zur Regel gemacht, genau das zu tun, wovon ihm abgeraten worden, wovor er gewarnt worden war, und es habe sich immer, wenn auch sehr oft erst viel später, herausgestellt, daß er richtig gehandelt hatte, indem er keinen Ratschlag befolgt habe, das nicht nur in der ganz allgemeinen sondern vor allem auch in jeder Geistesbeziehung. Der Geistesmensch müsse es sich geradezu zur Voraussetzung und zum Prinzip seiner Existenz machen, keinen Rat zu befolgen oder wenigstens immer das genaue Gegenteil dessen zu tun, was ihm geraten worden ist. Die größte Wichtigkeit sei ihm gewesen, von Anfang an seinen Eigensinn zu entwickeln und immer noch mehr und mehr zu entwickeln, auch wenn das zuerst das totale Vordenkopfstoßen gegenüber Eltern und Umwelt bedeutete, schließlich das totale Vordenkopfstoßen gegenüber überhaupt allem, davor dürfe der Geistesmensch naturgemäß nicht zurückschrecken. Daß er es sich von allem Anfang an niemals zu leicht gemacht habe, oder wenigstens immer den Versuch gemacht habe, es sich niemals zu leicht zu machen, wo doch jeder einzelne naturgemäß ununterbrochen dazu verführt sei, es sich zu leicht zu machen und es sich ja auch alle immer wieder und ununterbrochen zu leicht machen. Er hatte sich, möglicherweise zuerst noch ganz unbewußt, schon als Kind vorgenommen gehabt, in dem ihm höchstmöglichen Schwierigkeitsgrade zu leben, was er bis heute niemals außeracht gelassen habe. Schon das Kind wird zuerst von seinen Eltern, dann von seinen Lehrern fortwährend auf Umwege und tatsächlich auch auf Abwege gezwungen, fortwährend und ununterbrochen von seinem Ziel abgebracht, zum Aufgeben verleitet, aber er habe sich von Anfang an gegen diese Tendenz stemmen und letztenendes erwehren können, nicht er hatte schließlich aufgeben müssen, sondern seine Eltern und seine Lehrer, die sich schon sehr früh und wahrscheinlich, so er, tödlich getroffen, von ihm zurückgezogen hatten. Zuerst ist es ja ein Kampf gegen die Eltern und dann ein Kampf gegen die Lehrer, der zu führen und zu gewinnen ist und zwar mit der äußersten Rücksichtslosigkeit zu führen und zu gewinnen ist, will der junge Mensch nicht von den Eltern und von den Lehrern zum Aufgeben gezwungen und damit zerstört und vernichtet werden. Die Gesellschaft, er meinte *die Menschengesellschaft,* sei in der Weise konstruiert, daß sie den jungen Menschen auf Umwege ablenkt und zerstört und vernichtet und wenn wir uns umschauen, sehen wir tatsächlich fast nur solche auf Umwege abgeleitete und zerstörte und vernichtete junge Menschen. Die wenigsten haben den Kampf gegen die Eltern tatsächlich aufgenommen und bis zum äußersten geführt und gewonnen und haben gegen ihre Lehrer gekämpft und gewonnen und also gegen die Gesellschaft gekämpft und gewonnen und damit, als Geistesmensch, alles gewonnen. Der Geistesmensch tue gut daran, von allem Anfang an gegen die Eltern und gegen die Lehrer und gegen die Gesellschaft und überhaupt gegen alles zu sein, um sich erst einmal vollkommen von diesen Eltern und Lehrern und von dieser Gesellschaft freizumachen, um sie dann mit der Zeit, tatsächlich und scharf und schonungslos beobachten und beurteilen zu können, was schließlich seine Aufgabe sei, eine andere habe er nicht, dafür sei er, wenn schon ohne seine Einwilligung und tatsächlich gegen seinen Willen, da. Eine andere Rechtfertigung habe der Geistesmensch nicht. Er war erst nach eingehender Prüfung der Sachlage, also der Umstände, die jetzt im Auge Gottes geherrscht hatten, auf die Billigesser zu sprechen gekommen, nicht, ohne auch meine Person und das heißt, meine Verfassung einer ebenso gründlichen Prüfung unterzogen zu haben. Die Physiognomien aller vier Billigesser seien, so Koller, grundlegend und folgerichtig von dem jahrzehntelangen WÖKbesuch der Billigesser geprägt gewesen, alle vier hätten sie vor jeder anderen eine von ihm, Koller, so genannte WÖKphysiognomie, also in erster Linie diese WÖKphysiognomie und erst in zweiter Linie ihre ganz persönliche eigene angeborene, unabhängig von der WÖK im Laufe ihres Lebens auf ihren Gesichtern gewachsene, unaufhörlich und tatsächlich ununterbrochen auf ihren Gesichtern von *ihrer* Geschichte und von der ganzen Welt- und Naturgeschichte *verursachte*. Mehr und mehr sei aber ihre WÖKphysiognomie in den Vordergrund, ihre ureigene persönliche gleichzeitig in den Hintergrund getreten, auf dieser Feststellung begründete sich ihm vor allem, was er jetzt vorbringen wollte, diese Feststellung vor allem habe ihm die Billigesser zu dem zentralen Punkt seiner Physiognomik gemacht und die Billigesser wie kein anderes Beispiel, zu dem für seine Zwecke *idealen*. Er hätte mit mir natürlich auch in den Wertheimsteinpark gehen und mir *dort* die Billigesser erklären können, aber schon auf dem Weg in den Wertheimsteinpark wäre ihm wahrscheinlich die für seinen Vortrag notwendige Intensität verloren gegangen, nichts sei, wie ich wisse, zerbrechlicher, als ein solches kompliziertes Wissenschaftsthema, wie die Billigesser, es sei ja schon die größte Schwierigkeit ein solches Thema für sich längere Zeit im Kopf zu behalten, geschweige denn, ein solches

Thema auch noch für einen Andern, so habe er sich naturgemäß entschließen müssen, mich in das Auge Gottes *zu bitten* tatsächlich hatte er und nicht nur einmal, sondern mehrere Male mich in das Auge Gottes *zu bitten* gesagt, selbst zu einer solchen ihm, wie ich weiß, tatsächlich unwürdigen Äußerung hatte er sich hergeben müssen, um mir die Billigesser zu erklären, denn in den Wertheimsteinpark hätten wir mindestens doppelt so weit wie in das Auge Gottes hinein gehabt, einen Augenblick war er auch auf die Idee gekommen gewesen, in das uns beiden wohlbekannte und vertraute Casino Zögernitz zu gehen, aber er hatte Angst, im Casino Zögernitz, in welchem vor allem ich viele Jahre tagtäglich zu Gast gewesen war, immer mit einer Schale Kaffee und mit den neuesten Zeitungen mehr oder weniger glücklich in Gesellschaft der von mir so genannten Zögernitzgänger, die auch eine Menschengruppe für sich gewesen sind und auch heute noch, wie die WÖKmenschen und die Augegottesmenschen, sind, von ihm aus war zuerst der Vorschlag gemacht worden, in das Zögernitz zu gehen, in welchem ich immer mehr Vorteile als in allen anderen Lokalen im Neunzehnten Bezirk gehabt habe und, wenn ich es aufsuche, auch heute noch habe, ganz abgesehen von dem herrlichen Garten und von der immer frischen Wienerwaldluft in diesem Garten des Zögernitz, aber er, Koller, hatte dann doch plötzlich Angst gehabt, im Zögernitz gerade jene Leute anzutreffen, die ihm in letzter Zeit am widerwärtigsten gewesen waren, nämlich die von ihm sogenannten *alten Zögernitzmenschen*, welche schon Jahrzehnte tagtäglich im Zögernitz sitzen und eine Menschenkategorie für sich gewesen waren mit der Zeit, die ihm noch widerwärtiger gewesen war als die Augegottesmenschen, weil sie sich, wie er es mehrere Male ausgedrückt hatte, wegen seiner politischen Ansichten zuerst, dann aber auch im Laufe der Zeit wegen seiner konsequent vorangetriebenen naturwissenschaftlichen Arbeit, die die Zögernitzmenschen, so er, ihm gegenüber immer nur als *verrückte Marotte* zu bezeichnen angewöhnt gehabt hatten, er hegte seit Jahren gerade gegen die Zögernitzmenschen den größten Haß, einen im Laufe der letzten drei, vier Jahre aus einer gegen ihn, wie er glaubte, niederträchtigen Abneigung entstandenen ununterbrochenen Haß, den er einen ununterbrochenen Geisteshaß nannte, weil sie ihm, wie er immer wieder sagte, seine Existenz neideten, die Tatsache nämlich, daß er im Besitze einer Rente sei, die ihm tatsächlich lebenslänglich sicher und auch noch monatlich genau an die sogenannten Lebenshaltungskosten anzugleichen und also immer von der größten gleichbleibenden Wertbeständigkeit sei und auch der Tatsache wegen, daß es gerade tatsächlich, direkt und nicht indirekt, eine Rente von dem Glasindustriellen Weller sei, ja, die Zögernitzmenschen waren, so er, so weit gegangen, ihm den Biß des wellerschen Hundes zu neiden, denn sie, so hatten sie ihm angeblich alle Augenblicke vorgehalten, hätten in ihrem Leben immer schwer arbeiten müssen und arbeiteten auch jetzt, in ihrem fortgeschrittenen Alter noch immer schwer, müßten sich also ihr Brot bis zum heutigen Tage durch mehr oder weniger Schwerarbeit, was immer das sei, verdienen, während er sozusagen durch den Zufall des wellerschen Hundebisses jeder Brotarbeit enthoben und sozusagen durch den Umstand, daß er an dem fraglichen Tage in den Türkenschanzpark und nicht in den Wertheimsteinpark gegangen sei, auf die sogenannte Butterseite des Lebens gefallen sei und seiner Verrücktheit nachgehen könne, sorglos. Die Zögernitzmenschen, mit welchen er in früheren Jahren noch einen recht guten Kontakt gehabt hatte, wie ich weiß, hätten sich von einem bestimmten Zeitpunkt an mit ihm angelegt, hätten aufeinmal alles an ihm bekrittelt und hätten ihn dann mit ihren ungerechtfertigten Vorwürfen überhaupt nicht mehr in Ruhe gelassen, sodaß er seine Zögernitzbesuche aufeinmal eingestellt habe, einstellen habe müssen, um von den Zögernitzmenschen, wie er es bezeichnete, nicht vernichtet zu werden, denn sie, die Zögernitzmenschen, hätten, so er, von diesem bestimmten Zeitpunkt nichts anderes mehr im Kopf gehabt, als die Vernichtung seiner Person, zuerst die Verleumdung und dann die Entstellung und dann die Vernichtung seiner Person und also seiner Existenz, wogegen er sich nur durch sein plötzliches Ausbleiben und also durch das vollkommene Einstellen seiner Zögernitzbesuche hatte zur Wehr setzen können, die gefährlichsten von allen Menschen, waren ihm von diesem bestimmten Zeitpunkt an die Zögernitzmenschen gewesen, wenn ich glaubte, was er mir so oft gesagt hatte. Sie hätten genau zu dem Zeitpunkt seine Verleumdung und Entstellung und Vernichtung betrieben, so er, zu welchem er sich eine Wachaureise mit dem Dampfschiff geleistet habe und von dem Augenblick an, in welchem er sich genau für den Zweck dieser Wachaureise, also der Dampfschiffsreise von Wien nach Melk und wieder zurück, einen englischen Regenmantel angeschafft habe, der doppelt so teuer gewesen war, wie vergleichbare Mäntel österreichischer Herkunft. Sie hätten ihm die Wachaureise noch gegönnt, aber nicht mehr den englischen Regenmantel dazu, so er, und ahnungslos wie er damals den Zögernitzmenschen gegenüber gewesen sei, habe er ihnen in seiner Freude von der Wachaureise erzählt und ihnen auch noch, was sein größter Fehler gewesen sei, den englischen Regenmantel vorgeführt, was sie nicht mehr geduldet hatten. Die Tatsache, daß er sich die Wachaureise, die er dann aber überhaupt nicht gemacht hatte, weil er am Tag vor Reiseantritt an einer Grippe erkrankt war, leistete und auch noch den englischen Regenmantel, also in Wirklichkeit einen sehr eleganten Aquascutum gekauft hatte, hatte den Zögernitzmenschen augenblicklich und tatsächlich auf die ihm, Koller, schädlichste Weise die Tatsache vor Augen geführt, daß er ihnen sein Einkommen betreffend weit überlegen sei und daß seine Möglichkeiten immer größer gewesen waren als die ihrigen. An den Zögernitzmenschen habe er, zusätzlich zu allem anderen, von den Zögernitzmenschen abzulesenden Eigenschaften, den Neid studieren können, so er. Zu den sogenannten Zögernitzmenschen habe er, Koller, in Wahrheit viele Jahre einen viel intensiveren Kontakt gehabt, als zu den WÖKmenschen, er habe sich vor allem wegen ihrer ungleich höheren Intelligenz zu ihnen hingezogen gefühlt, so er, denn die Zögernitzmenschen waren tatsächlich intelligenter gewesen, als die WÖKmenschen und also intelligenter als die Billigesser, auch habe er im Zögernitz in Ruhe die Zeitungen lesen und studieren können, was in der WÖK nie in Frage gekommen ist, weil die WÖK niemals Zeitungen gehabt hat, was sich daraus erklärt, daß das Zögernitz immer ein Kaffeehaus gewesen ist, die WÖK aber immer nur ein Eßlokal, aber aufeinmal habe die von ihm geplante und gebuchte, wenn auch dann überhaupt nicht angetretene Wachaureise den Bruch mit den Zögernitzmenschen heibeigeführt, herbeiführen müssen, so Koller, *denn mit Menschen, die mir die Rente neiden, habe ich naturgemäß nicht mehr verkehren können, die mir sogar eine lächerliche Wachaureise neiden und mir nicht einmal einen englischen Regenmantel gönnen.* Er habe aber das Zögernitz immer vermißt, sehr oft in dem Gedanken geschwankt, ob er nicht doch wieder in das Zögernitz hineingehen solle, denn er hatte, indem er den Zögernitzbesuch eingestellt hatte, auf so viele ihm wertvolle Annehmlichkeiten verzichten müssen, ganz abgesehen von den Zeitungen, auch auf den Zögernitzgarten und auf die Unterhaltung mit der Zögernitzbesitzerin, von welchen für ihn so viele wertvolle Anregungen seine wissenschaftliche Arbeit betreffend, ausgegangen waren, überhaupt auf die ganze *Geist-Atmosphäre* im Zögernitz, aber schließlich hatte er sich jedesmal überwinden können und die Idee, das Zögernitz zu betreten, gleich wieder aufgegeben seinem Charakter zuliebe. Jahrelang sei er in seinem Denken auf die Zögernitzmenschen eingestellt gewesen und habe sich in dieser Gewohnheit geschult gehabt, bis zu dem Zeitpunkt, in welchem es ihm durch den gerade angedeuteten, wenn auch nicht voll erklärten Umstand unmöglich gemacht worden war, das Zögernitz aufzusuchen und er war monatelang von der Tatsache, daß das Zögernitz für ihn jetzt nicht mehr in Frage komme, irritiert gewesen. Es hatte über ein Jahr gedauert, bis er sich entschlossen habe, das Zögernitz und also die Zögernitzmenschen aufzugeben und sich mit den WÖKmenschen und also mit den Billigessern zufrieden zu geben, was, so er, naturgemäß einen Niveauverlust bedeutete, *aber letztenendes dann auch wieder ein großer Vorteil für mich gewesen war*, denn jetzt habe das letztenendes geistschädliche Denken seinerseits zwischen den Zögernitzmenschen und den WÖKmenschen hin und her, ein Ende gefunden und er habe sich ganz auf die WÖKmenschen und also auf die Billigesser zu konzentrieren gehabt. Es sei ihm jetzt unmöglicher denn je, noch einmal in das Zögernitz hineinzugehen, so er, diese Leute mit ihrem Haß gegen mich und mit ihrem Haß gegen mein Denken vor allem, mit ihrem Haß gegen alle meine mir wichtigen Vorhaben, ruinierten mich, vernichteten mich in der kürzesten Zeit. So sei es ganz natürlich gewesen, daß er mich in dem Augenblick, in welchem er mich getroffen habe, aufgefordert habe, in das Auge Gottes hineinzugehen, was für ihn ja auch schon eine Überwindung gewesen sei, *wenigstens ein Hindernis*, so er. Zuerst habe er sich gescheut, mir den Vorschlag zu machen, er sei sich nicht sicher gewesen, ob ich auf einen solchen Vorschlag, den er mir ja tatsächlich als Zumutung gemacht hatte, als Vorschlagsunmöglichkeit, so er, einginge, denn auch das Auge Gottes hatte er ja gehaßt und, wenn auch aus anderen Gründen, nicht weniger als das Zögernitz, aber im Freien, so er, habe er mir die Billigesser nicht erklären können, diese Erklärung habe *nur in einem geschlossenen Raum und naturgemäß nur in einem Kaffeehaus oder Gasthaus stattfinden können* und wenn das Zögernitz nicht in Frage gekommen war, war nurmehr noch das Auge Gottes in Frage gekommen. Er sei aber gerade in einer solchen beinahe krankhaften Anspannung und also angespannten Geistes- und Körperverfassung gewesen, daß er mich, gleich wie ich auf seinen Vorschlag reagiert hätte, in jedem Falle zum sofortigen Betreten des Auge Gottes *gezwungen* hätte, dazu war er entschlossen gewesen, ohne viel Überlegen, geschweige denn Nachdenken und außerdem habe er sich wegen seiner verwahrlosten Kleider geniert, seiner zerrissenen Hose, seines schmutzigen, tatsächlich wegen seiner heftigen Bewegungen während der vergangenen Woche an den Nähten geplatzten Rockes, überhaupt seines ganzen Körper- und Geisteszustandes. Es sei ihm aber überhaupt nichts anderes übrig geblieben, als mich anzurufen über die Straße und mir den Vorschlag zu machen, in das Auge Gottes hineinzugehn. Ich kannte ihn ja und ich wußte, daß es zwecklos gewesen wäre, mich zu weigern, in dem

Augenblick, in welchem er mich gesehen hatte, war ich ihm ausgeliefert gewesen. Aber letztenendes hatte ich auch nichts dagegen gehabt, mit ihm ins Auge Gottes zu gehn, wenn ich auch gleich, nachdem ich ihm unmittelbar gegenüber gestanden war, gesehen habe, daß er in einer äußerst nervösen und also gefährlichen Verfassung gewesen war. Ich hätte nicht Nein sagen dürfen, wenn ich von ihm nicht geschlagen werden wollte, wie ich weiß. Ich habe es oft erlebt, daß er Leute tätlich angegriffen hat, die ihm den Gehorsam verweigerten, auch mich hat er mehrere Male mit dem Krückstock geschlagen. Ich hatte mir das aber immer gefallen lassen, weil ich ihn kannte und weil ich ihm helfen hatte wollen, aus seinem Zustand, der naturgemäß immer ein Krankheitszustand gewesen war, herauszukommen. Er durfte aber in einer solchen Verfassung nicht an einen mit ihm und seiner Verfassung nicht Vertrauten kommen, was aber, soviel ich weiß, niemals der Fall gewesen war. Er hatte mir öfter mit dem Krückstock gedroht und auch zugeschlagen, aber er hatte sich dann immer entschuldigt, wenn auch meistens erst nach ein paar Tagen. Ich hatte es bei dieser Begegnung in der Billrothstraße nicht darauf ankommen lassen und war ihm augenblicklich in das Auge Gottes hinein gefolgt. Auf dem Weg durch die Billrothstraße hinunter hatte ich ihn natürlich vorauslaufen lassen einerseits, um ihn nicht zu kränken und zu beschämen, andererseits, um ihn besser beobachten zu können und ich war über sein ganzes Gehaben erschrocken gewesen. Die Geschwindigkeit, mit welcher er durch die Billrothstraße gelaufen war, hatte nicht groß genug sein können und ich hatte das Gefühl, jeden Augenblick fällt er über seine Krücken und fällt der Länge nach hin, aber ich hatte natürlich seine Lauffähigkeiten weit unterschätzt, schließlich hatte es mir selbst mehr Mühe gemacht in dieser von ihm vorgelegten Geschwindigkeit durch die Billrothstraße hinunterzukommen als ihm. Er hatte sich eine raffinierte Methode angeeignet, vorwärts zu kommen und die Krücken hatten ihm nicht nur wie ich bei dieser Gelegenheit deutlich gesehen habe, dazu gedient, sich nur darauf zu stützen, sondern ihn rücksichtslos anzutreiben, er war auf jeden Fall schneller gewesen als ich und ich hatte die größte Mühe gehabt, ihn einzuholen. Ich hätte ihm natürlich den Triumph lassen können, als Erster am Auge Gottes angekommen zu sein, aber dazu hatte ich nicht den Willen gehabt und ich hatte ihn kurz vor dem Auge Gottes überholt und war als Erster an der Augegottestür und ich hatte mich, an der Augegottestür angekommen, sofort nach ihm umgedreht und augenblicklich in seine Erschöpfung hineingeschaut, schonungslos, was er als Taktlosigkeit empfunden haben mußte. Aber ich war in dieser Situation ganz einfach nicht bereit gewesen, ihn zu schonen, im Gegenteil, hatte ich ein momentanes Bedürfnis gehabt, mich an seiner entsetzlichen Lage und überhaupt an seinem erbarmungswürdigen Zustand zu weiden. Ich hatte gewußt, was er empfinden muß, wenn ich, als Erster vor der Augegottestür angekommen, mich augenblicklich umdrehe und ihn anschaue. Wir dürfen uns dem Krüppel nicht vollkommen ausliefern, nicht vor dem Krüppel kapitulieren, wir müssen uns ihm gegenüber *behaupten*, auch wenn wir in die Gemeinheit Zuflucht nehmen müssen. So hatte er, noch bevor wir das Auge Gottes betreten hatten, wenigstens einen Beitrag geleistet. Ich hatte ihm mit meiner Rücksichtslosigkeit, daß ich mich nämlich nicht gescheut hatte, mich nach ihm umzudrehen, ganz klar die Tatsache vorgeführt, daß sein Denken einen sehr hohen Preis hat, wie ich glaube, den Höchstpreis. Aber ich hatte natürlich nicht auf einen, wenn auch nur kürzestfristigen Ausgleich, hoffen dürfen, das wäre schon zu absurd gewesen. Der Augenblick der Beschämung hatte nur ein paar Sekunden gedauert, vielleicht auch nur den Bruchteil einer einzigen Sekunde und die richtige Gewichtsverteilung war wieder hergestellt, er, Koller, war ganz einfach der Überlegene. Einen Augenblick lang war er mir als der allereinsamste Mensch vorgekommen und ich hatte ihm wenigstens einen Hund gewünscht, der zu seiner ganzen Geistesüberheblichkeit und Körperarmseligkeit gut gepaßt hätte und ich hatte an Schopenhauer gedacht. Aber ein Hund wäre ihm niemals möglich gewesen, aus vielen Gründen. Er hätte sich keinen Hund leisten können. *Weder einen Menschen, noch einen Hund*, hatte er einmal zu mir gesagt. *Und indem ich mir mich selbst leiste, existiere ich längst über meine Verhältnisse*, so er ein anderes Mal. Es war für mich immer nur eine Frage der Zeit und tatsächlich immer eine Frage der kürzeren Zeit gewesen, wielange ich diesen Menschen noch zu verfolgen habe, bis er nicht mehr verfolgt werden kann, weil er zu existieren aufgehört hat. Tatsächlich habe ich immer das Gefühl gehabt, ich sehe ihn immer zuende gehen, keinen Menschen habe ich so wie ihn, immer zuende gehen gesehen, immer nur wieder, wenn ich ihn gesehen habe, zuende gehen. Wir gehen alle immer zuende, aber wir sehen es an den wenigsten, weil wir es nicht sehen wollen oder weil wir uns ganz einfach nicht die Mühe machen, es zu sehen, aber Koller habe ich tatsächlich immer zuende gehen gesehen. Allein und schließlich alleingelassen zuende. Er hatte die Menschen von einem bestimmten Zeitpunkt an in drei Kategorien eingeteilt, in die WÖKmenschen, in die Augegottesmenschen und in die Zögernitzmenschen, aber erst in dem Augenblick, in welchem er sich sicher gewesen war, daß ihm die WÖKmenschen am nächsten gestanden waren, nachdem er sich von den Zögernitzmenschen entfernt und von den Augegottesmenschen endgültig abgestoßen gefühlt hatte. Die WÖKmenschen hatte er immer am höchsten eingeschätzt und sie immer auf die höchste Menschenstufe gestellt, die Augegottesmenschen und die Zögernitzmenschen waren von ihm jahrelang nurmehr noch verachtet gewesen. Und selbst von den WÖKmenschen hatte er sich schließlich getrennt und von ihnen nurmehr noch die Billigesser anerkannt. *Immer sehr rasch hinein in die WÖK und durch alle andern durch zu den Billigessern*, so er einmal angeekelt selbst von den WÖKmenschen. Ehrlich gesagt, so Koller, sind die WÖKmenschen noch die charakterfestesten, die Augegottesmenschen die gemeinsten und die Zögernitzmenschen die niederträchtigsten. Im Laufe von zehn Jahren waren ihm nurmehr noch die Billigesser geblieben, aber auch von deren Wert war er lange Zeit nicht überzeugt gewesen, *wenn ich nicht plötzlich anstatt zur alten Esche, zur alten Eiche gegangen wäre*, so er. Seine Physiognomie wäre ihm von der Gemeinheit der Augegottesmenschen nach und nach gestört, von den Zögernitzmenschen tatsächlich plötzlich beinahe vernichtet gewesen, so habe er sich allein seiner Physiognomie wegen zuerst von den Augegottesmenschen und dann auch von den Zögernitzmenschen zurückziehen müssen. Um eine so wichtige und einzigartige Schrift wie die Physiognomie zu retten, müsse sich der Schreiber einer solchen Schrift unter Umständen nach und nach von allen Menschen zurückziehen, alle Verbindungen aufgeben, sich gänzlich abschließen, nurmehr noch für sich sein, so er. Allein dadurch, daß er mir die Billigesser auseinandersetze und vortrage, mache er es sich möglich, die Schrift über die Billigesser zu schreiben, er könne sich keine Verzögerung mehr erlauben, also habe er mir die Billigesser *sofort* vorzutragen, weil er sie unmittelbar darauf zu schreiben beabsichtige, die von ihm sogenannte zweite Schrift, welche er an die von ihm sogenannte erste Schrift anzuschließen habe, die er schon geschrieben habe. Seine Physiognomie bestünde aus vier Schriften, von welchen er jahrelang drei im Kopf gehabt habe, die vierte und also die hauptsächliche, sei ihm erst klar geworden, wie er anstatt zur alten Esche, zur alten Eiche gegangen sei und welche er sich ohne weiteres *Die Billigesser* zu nennen getraue. Der Schreiber einer solchen Schrift müsse, schon wenn er nur vorhabe, eine solche Schrift zu schreiben, alles auf diese Schrift hin und auf nichts sonst, konzentrieren und alles in diesem Schreiber müsse auf diese Schrift hin angespannt sein, es habe für ihn außer dieser Schrift überhaupt nichts mehr in Betracht zu kommen, wenn er nicht Gefahr laufen wolle, gescheitert zu sein in seinem Vorhaben, noch bevor er die Schrift zu schreiben angefangen habe. Er dürfe sich nicht den geringsten Umweg und nicht die geringste Abschweifung erlauben. Es komme darauf an, tatsächlich die ganze Natur und die ganze Wissenschaft von der Natur im Kopf zu haben und gleichzeitig nach und nach dieser Natur und dieser Wissenschaft von der Natur genau den Stoff zu entziehen, der der Schrift entspreche, die zu schreiben sei. Denn in einer solchen Schrift müsse naturgemäß nicht nur ihr ureigenes Thema, sondern in gleicher Weise die ganze Natur und die Wissenschaft von der Natur abgehandelt sein, wozu aber der zu einer solchen Studie wie die Billigesser entschlossene Kopf nur selten, möglicherweise sogar nur ein einzigesmal im Leben imstande sei. Der Sprung in eine solche Schrift, also in eine solche Studie sei zuerst aber nichts anderes, als der Sprung in einen unendlichen Abgrund, welchen er, Koller, als einen unendlichen Wissenschaftsabgrund bezeichnete und diesen Sprung zu machen, bedeutete vollkommene Hingabe und Selbstaufopferung. Wer dazu nicht bereit oder nicht imstande sei, dem gelänge niemals eine solche Schrift wie *Die Billigesser* und mit jedem zur Schrift gezwungenen wissenschaftlichen Vorhaben verhielte es sich genauso. Und jedes nicht zur Schrift gewordene Denken sei letztenendes vollkommen wertlos, weil es wenn überhaupt, nur seinen Erfinder allein bewegt und nicht Geschichte gemacht habe und er habe naturgemäß den Ehrgeiz, Geschichte zu machen, was immer schon die erste Voraussetzung gewesen sei für eine wichtige, epochemachende Schrift, wie er sagte. Er hatte sich tatsächlich allein durch meine Gegenwart zu der Bemerkung verleiten lassen, *Die Billigesser* seien nicht nur wichtig, sondern epochemachend, das fühle er und das lasse ihn auch den Sprung in den Wissenschaftsabgrund springen, ich könne mich darauf verlassen und ihm ganz einfach die Daumen halten, daß ihm der Sprung gelinge. Er habe sich schließlich, wenn auch den Großteil dieser Zeit völlig *unbewußt*, sein ganzes Leben auf diese Schrift und also auf die Billigesser vorbereitet und in diese Billigesser nicht weniger als seine *ganze* Existenz investiert gehabt wenn er den Gedanken an die Billigesser konsequent zuende führe. Vielleicht, so er, sei gerade das Auge Gottes, *weil* er es verabscheue, am geeignetsten für seinen Vortrag. Er hatte sich soweit als möglich zurückgelehnt und sich nocheinmal der augenblicklichen Situation im Auge Gottes versichert. Da er wie immer, auch jetzt Angst vor Zugluft gehabt hatte, streckte er seinen rechten Arm gegen die Wand aus und hielt die Hand vor das Fenster. Er hatte auch an diesem Tage nicht auf seine ihm im Laufe von Jahrzehnten zur Gewohnheit gewordene sogenannte Fensterkontrolle verzichtet. Die Fenster im Auge Gottes waren dicht, er hatte keine Ursache mehr, sich vor der Zugluft zu fürchten. Plötzlich, war mir vorgekommen, störten ihn die Menschen im Auge Gottes nicht mehr und er hatte mir bedeutet, so weit als mir möglich, an ihn heranzurücken. Obwohl er sehr laut gesprochen hatte, war er immer der Meinung gewesen, man verstehe ihn nicht und hatte aus diesem Grunde immer alle Anzusprechenden aufgefordert, so nahe als nur möglich an ihn heranzurücken, aber *nicht zu nahe*, wie er gleichzeitig immer betont hatte. Möglicherweise, hatte ich denken müssen, wie ich an ihn herangerückt war, hatten ihn diese Billigesser bereits verrückt gemacht, aber ich hatte diesen Gedanken augenblicklich unterdrückt gehabt und forderte mich daraufhin die ganze Zeit, während er über die Billigesser gesprochen hatte, auf, diesen Gedanken zu unterdrücken, obwohl dieser Gedanke tatsächlich nicht auf die Dauer zu unterdrücken gewesen war. Aber ich war ja schon jahrelang immer wieder in diesen Gedanken, er sei längst verrückt geworden, hineingekommen, und so hatte ich mich auch an diesen Gedanken schon gewöhnt gehabt. Er hatte auch nur ein paar Augenblicke auf mich so gewirkt, als wäre er schon verrückt gewesen, dann wieder genau das Gegenteil von verrückt und ich schenkte ihm meine ganze Aufmerksamkeit. Er habe, sagte er jetzt, seine Physiognomie von allem Anfang an in der Weise angelegt gehabt, daß sie ihm heute in allen Teilen vollkommen auf die Billigesser bezogen erscheine, tatsächlich auf die Billigesser bezogen *ist*, also auf Einzig, Grill, Goldschmidt und Weninger, von welchen er nacheinander eine kurze Lebensbeschreibung zu geben habe, bevor er auf ihre *weiteren einzelnen Bezugspunkte* einzugehen habe. Er hatte mir die Billigesser nacheinander immer aus einem jeden einzelnen der Billigesser charakteristischen, wie er, Koller, sich ausgedrückt hatte, stichhaltigen und beweiskräftigen Existenzmerkmal, sozusagen aufgeschlüsselt. Warum er gerade mit dem Kaufmann *Weninger* angefangen hat, weiß ich nicht, aber diese Tatsache hatte sicher die ihr zukommende Bedeutung, denn im Nachhinein war mir klar gewesen, daß er nicht mit Grill oder Goldschmidt, auch nicht mit Einzig hatte anfangen *können*, um nicht von vornherein in seiner Bemühung, mir die Billigesser wenigstens *anzudeuten*, wenn schon nicht zu erklären, zu scheitern. Der Kaufmann Weninger betreibe in der Heiligenstädter Straße eine sogenannte, von seinem Vater ererbte Essigabfüllerei, wickelte aber außerdem noch eine Reihe von Geschäften ab, die Koller als *undurchsichtige Geschäfte* bezeichnete, die ihn, Weninger, aber sehr oft in das Waldviertel hinauf und bis an die tschechische Grenze führten und die überhaupt nichts mit

Äpfeln, Birnen und Wein zu tun hätten, er Koller, glaube, daß sich Weninger im Laufe der Zeit Geschäftsverbindungen vor allem *über* die tschechische Grenze verschaffen hatte können, die alle mit Zollhinterziehung in Zusammenhang stehen und ihn schon ein paarmal mit den Zollbehörden in Konflikt gebracht haben, denn Weninger, so Koller, war wegen dieser Geschäfte, die er in den letzten Jahren immer mehr und mehr ausweiten habe können, schon mehrere Male im Gefängnis gewesen, immer wieder zu höheren Geld- und weniger hohen Freiheitsstrafen verurteilt, so Koller, habe sich Weninger nicht gescheut, seine von Koller schließlich als *äußerst undurchsichtig* bezeichneten Geschäfte weiter zu entwickeln und zu intensivieren, Geschäftsleute vom Schlage Weningers wären auch nicht durch harte Strafen von ihren Machenschaften, so Koller, abzubringen, im Gegenteil, darin bestehe für diese Leute der besondere Reiz, sich gerade *weil* sie unaufhörlich mit den größten Schwierigkeiten zu kämpfen, also sich mit dem Fiskus zu raufen und mit der Polizei auseinanderzusetzen hätten, in immer größere und in immer *noch undurchsichtigere* und in immer gefährlichere Geschäfte einzulassen. Weninger sei ein Beispiel für einen Menschen, der nicht nur seine Existenz, sondern überhaupt sein Leben auf das Geschäftemachen aufgebaut habe und der eine gerade für solche an den Wiener

Ausfallstraßen existierenden Männertypen charakteristische Lust an diesen sogenannten *undurchsichtigen Geschäften* entwickele, sich ganz bewußt und mit Leidenschaft immer wieder an der Illegalität und letztenendes am Betrug- und Verbrechertum entlang, aber doch niemals vollkommen und das heißt, endgültig hineinmanövriere und dem tatsächlich die großen Geschäfte und also die großen Abenteuer und also die großen von Koller so bezeichneten kaufmännischen Lebensinhalte immer und zwar tatsächlich gänzlich verborgen, gelingen und die kleineren und die kleinsten ihn dem Fiskus verdächtig, der Polizei immer wieder anzeigenpflichtig machen. Weninger beherrsche das Kaufmannsgeschäft wie kein zweiter, den Koller kenne, er habe, naturgemäß nicht dort, wo er sein Geschäft, sondern da, wo er sein Kleinbürgertum betreibe und also einige tausend Meter weiter stadtauswärts, schon im Vorstadtgrün, seine Familie und er trage, gleich wann und wo, ausschließlich die Kleidung des kleinen, ehrenvollen, immer vorwärts, aber naturgemäß niemals zum Höchsten strebenden Kaufmanns, den sogenannten praktischen Salzundpfeffermantel, unter welchem er sich, so Koller, absolut sicher fühle. Daß er zu mittag, und immer pünktlich, die WÖK betrete um in der WÖK das einfachste aller einfachen Essen zu essen, gehörte genauso zur Strategie Weningers wie der Umstand, daß er unter dem naturgemäß immer ein wenig schmutzigen und schmuddeligen, aber niemals vollkommen schmutzigen und vollkommen schmuddeligen Salzundpfeffermantel einen Anzug an und eine Krawatte um seinen Hals gebunden habe und naturgemäß sind weder Anzug noch Krawatte nach der allerneuesten Mode und auch nicht von der allerbesten Qualität, aber auch nicht ganz und gar aus der Mode und auch nicht von der schlechtesten Qualität. Bei Tisch und also am Ecktisch der Billigesser, habe er immer jene Hand auf der Tischplatte liegen, auf welcher er seinen Ehering trage, einen Platinring, den ihm, so Weninger zu Koller, in den sogenannten Nachkriegswirren ein ungarischer Aristokrat und Flüchtling geschenkt habe, weil Weninger ihn aus der Thaya vor dem Ertrinken gerettet hatte. Die Schuhe Weningers seien immer die gleichen spitzen, tatsächlich längst aus der Mode gekommenen Schuhe gewesen, aber nicht immer dieselben Schuhe, so Koller, denn Weninger hatte von diesen Schuhen, die ihm einmal wie keine anderen für seine Geschäfte geeignet erschienen waren, mehrere Paare gekauft und diese vier oder fünf Paare immer abwechselnd getragen, auf diese Schuhe habe Weninger soviel gehalten, daß er Koller gegenüber einmal gesagt haben soll, daß sie ihm für seine Geschäfte wichtiger seien, als viele Worte. Er war niemals ohne Hut gegangen, er habe einen tatsächlich schon vom jahrelangen Tragen abgewetzten und schon an den Griffstellen speckigen Lederhut getragen, an welchen er ein dreiunddreißigjähriges Sportabzeichen aus Aluminium geheftet habe, das er sich in einer Läuferriege auf dem Flözersteig, so Koller, erlaufen habe. Damals wäre er gertenschlank gewesen, jetzt sei er schon jahrzehntelang dick und schwammig. Aber wie die meisten dicken und schwammigen Kaufmänner, bewege er sich rascher, ungemein wendiger, als die andern. Er sei derjenige unter den Billigessern, der am meisten esse, sich sehr oft nicht nur eine, sondern zwei Portionen habe servieren lassen. Die Tatsache, daß seine Geschäfte ihn viel herum und vor allem zu den niederösterreichischen Obstbauern führten, habe den Billigessern immer einen ländlichen Gesprächsstoff geliefert, auf den sie ohne Weninger hätten verzichten müssen, denn die übrigen Billigesser hatten keine Landkontakte. Laut Koller sei Weninger ein gewiegter Geschäftaktiker, gleichzeitig aber auch von der leutseligen Art, wie sie gerade die Kleinkaufleute auszeichnet, gewesen, überall und zu jedem habe er sofort Zutritt gefunden und er wäre immer gern gesehen gewesen, naturgemäß auch unter den Billigessern, die, wo sie konnten, Vorteile aus ihrer Beziehung zu ihm und also aus seinen Fähigkeiten gezogen haben. Er, Weninger, wäre unter den Billigessern sozusagen der Wirtschafts- und überhaupt Geldseismograph gewesen, habe sie, die davon vorher keine Ahnung gehabt hätten, in die Börsenkunde und in den Aktienmarkt eingeführt und ihnen im Laufe der Zeit Hunderte und Aberhunderte von Koller so genannte Polizeianekdoten erzählt, aus welchen sie ihrerseits zuhause ihren Profit gezogen hätten. Weningers Witz könne er, Koller, nur als ausnahmslos anzüglich bezeichnen, seine Intelligenz, nicht nur seine kaufmännische, als überdurchschnittlich hoch, als eine viel höhere beispielsweise als die Grills, aber auch als die Einzigs, wenn auch nicht höher als die Goldschmidts, welche er, Koller, als die höchste unter den Billigessern einschätzte. Weninger redete viel und über alles, nur nicht über seine Geschäfte und damit auch nicht über seine Geschäftsbeziehungen und was er in diesem Zusammenhang durchblicken lasse, sei ihnen allen immer letztenendes nur unbrauchbar gewesen. Die Sonntage verbringe der Katholik Weninger mit seiner Familie in seinem eigenen, in einem Nußdorfer Weinberg gelegenen Haus oder noch weiter nördlich oder westlich auf dem Land, das er so gut wie keiner von den Billigessern kenne. Er kenne und praktiziere, laut Koller, den lebenslänglichen Trick, populär zu sein und verstehe, die Welt auszunützen. Politisch habe er sich als ein echter Vertreter seines Standes niemals so weit engagiert, daß es ihm auch nur im geringsten hatte gefährlich werden können. Angeblich habe er auf der sogenannten Alten Donau eine kleine Bootshütte, in welche er sich an den wenigen schönen und also warmen Sommerabenden mit jüngeren Mädchen vom Land, auf welche er, laut Koller, spezialisiert sei, oder aber auch mit solchen aus Kaisermühlen, Kagran oder Stammersdorf, die ihm die liebsten seien, so Koller, zurückziehe. Er habe den *Wiener Kurier* abonniert und chauffiere einen zwölf Jahre alten Volkswagen, den er vor acht Jahren um nicht viel mehr als um den Schrottpreis gekauft habe. In einer sogenannten Hinterkammer seiner Essigabfüllerei tarockiere er an zwei Tagen in der Woche, laut Koller, an jedem Dienstag und Freitag mit mehreren Arbeitern aus der seiner Essigabfüllerei gegenüberliegenden Brotfabrik. Sein Traum sei einmal eine sogenannte große Indienreise gewesen, den er aber schon vor etwa zehn Jahren aufgegeben habe, zu dem Zeitpunkt, in welchem er eingesehen habe, daß Weltreisen, sind sie einmal näher betrachtet, nicht viel mehr wert sind, als ein Einstundenspaziergang in den Prater. Wie nichts auf der Welt bewunderte Weninger die Konstruktion des Riesenrades und wenn er sich glücklich fühle, fahre er allein zu dem einzigen Zweck in den Prater hinunter, um den sogenannten Watschenmann zu betätigen, das machte ihm, in Verbindung mit einem oder mit zwei in einer der nahegelegenen Bretterbuden getrunkenen Gläsern Bier, das größte Vergnügen. Weninger sei ganz abgesehen davon, daß auch die übrigen Billigesser eine Vorliebe für den Prater hätten, geradezu von einer von Koller so bezeichneten Praterkrankheit befallen und er lasse im Grunde keine Gelegenheit aus, den Prater aufzusuchen. Die besten Geschäfte habe er, Weninger, im Prater gemacht, seine größten Profite. Wenn er besonders gut aufgelegt sei, so Koller, singe er sein von ihm selbst erdichtetes und komponiertes sogenanntes Hochschaubahnlied, welches er sehr oft auf Wunsch der übrigen Billigesser und überhaupt aller WÖKgäste singen müsse, aber nicht immer sei er dazu bereit. Weninger sei der musikalische unter den Billigessern. Eine Besonderheit an ihm sei seine goldene Taschenuhr, auf welche er von Zeit zu Zeit schaue, obwohl er wisse, daß sie nicht gehe, seit vielen Jahren schon nicht. Frage man Weninger nach der genauen Zeit, so Koller, ziehe er seine Taschenuhr und sage, wie spät es sei. Weninger habe immer die genaueste Uhrzeit gesagt, so Koller, woher, sei ihm, wie den übrigen Billigessern, unerklärlich, denn die Taschenuhr Weningers zeige tatsächlich schon seit Jahren keine Uhrzeit mehr an, weil ihr die Zeiger längst fehlten und ihr Werk stillsteht. Manchmal fragten die übrigen Billigesser Weninger ganz abrupt nach der Uhrzeit, um ihn doch einmal bloßzustellen, aber sie hätten ihn, Weninger, bis heute niemals hineinlegen können, er hätte ihnen immer die präzise Uhrzeit sagen können. Wie er das mache, sei ihnen rätselhaft. Sie zweifelten nicht daran, daß sie einem von Weninger sehr geschickt ihnen vorenthaltenen Trick aufgesessen sind. Der Buchhändler *Goldschmidt* betreibe die kleine Buchhandlung in der Pokornygasse, die ich kenne, ohne ihren Besitzer Goldschmidt zu kennen. Mehrere Male in den letzten dreißig Jahren bin ich in die Buchhandlung in der Pokornygasse hineingegangen, ohne jemals den Besitzer Goldschmidt kennengelernt zu haben, wenn ich mir auch sicher bin, daß ich ihn schon gesehen habe, denn die Goldschmidt betreffende Beschreibung Kollers paßt auf das Bild jenes Mannes, den ich mehrere Male in der Buchhandlung in der Pokornygasse gesehen habe, ohne zu wissen, daß es sich um Goldschmidt und also um den Besitzer der Buchhandlung in der Pokornygasse handelt, ich dachte plötzlich, daß ich sogar einmal mit Goldschmidt geredet habe, aber davon sagte ich gegenüber Koller nichts, um ihn nicht aus dem Konzept zu bringen, denn er, Koller, war ja jetzt auf die Tatsache eingestellt gewesen, daß ich keinen der Billigesser kenne, nicht einmal vom Sehen und ich wollte ihn in dem Glauben in Ruhe seinen Vortrag entwickeln lassen. Goldschmidt, der Jude, sei naturgemäß der gebildetste unter den Billigessern und ihm, Koller, der Nächste. Der karge Mann, so Koller, sei an die einsneunzig groß und beherrschte die Billigesser einen Großteil ihrer Essenszeit mit seinem Wissen und seiner Schweigsamkeit. Er rede fast nichts und wenn, dann nur Ja oder Nein und mit diesem seinem Ja oder Nein beende er die unter den Billigessern aufgekommenen Debatten gleich welcher Natur ohne Widerspruch. *Wenn* Goldschmidt in eine Debatte eingreife, was aber das ganze Jahr über vielleicht nur drei- oder viermal der Fall sei, entwickle sich daraus aber immer eine Debatte nur zwischen ihm, Goldschmidt, und Koller, an welcher die übrigen Billigesser ganz einfach, weil es ihnen an der dafür notwendigen Kapazität mangle, nicht teilnehmen, aber die Billigesser wären insgesamt sehr gute Zuhörer und sie hörten, so Koller, vor allem dann zu, wenn Goldschmidt und Koller eine Debatte führten. Ihre Themen seien vornehmlich die Politik oder selbstverständlich die Naturwissenschaft oder die Literatur oder die Philosophie oder ganz einfach ein sogenanntes vollkommen auf Entspannung gezieltes Alltagsthema, welches aber, so Koller, doch immer, wenn er, Koller, und Goldschmidt die Debatte führten, einen wenigstens naturwissenschaftlichen oder philosophischen Aspekt hätte, denn er, Koller, sei, wie auch Goldschmidt, nur an einem Gespräch oder an einer Debatte mit einem solchen naturwissenschaftlichen oder philosophischen Aspekt interessiert. Verblüffend sei während dieser Gespräche oder Debatten immer die Aufmerksamkeit von Einzig und Grill, von welchen ein solcher naturwissenschaftlicher oder philosophischer Aspekt naturgemäß nicht erwartet werden könne, so Koller, was die beiden, Einzig und Grill, aber niemals zur Wortlosigkeit zwinge, im Gegenteil. Goldschmidt war in der sogenannten amerikanischen Emigration gewesen, seine Eltern sind in Buchenwald umgekommen. In Goldschmidt hätten die Billigesser immer den Geist und in ihm, Koller, die Verrücktheit gesehen und es hätte ihnen laut Koller immer das größte Vergnügen gemacht, Geist und Verrücktheit gegeneinander aufgebracht und im Kampfe zu sehen, also Goldschmidt und Koller urplötzlich mitten in einer Auseinandersetzung über ein sozusagen unvermittelt aufgetauchtes oder schon vorgegebenes Thema. Es wäre nicht selten vorgekommen, so Koller, daß Goldschmidt, ohne den Ausgang einer Debatte abzuwarten, plötzlich aufgesprungen und aus der WÖK hinausgelaufen sei in der Absicht, sich niemehr mit Koller an einen Tisch zu setzen, vornehmlich, wenn es sich um eine politische Kontroverse handelte. Koller war sich ziemlich sicher gewesen, daß Goldschmidt während des Krieges, nachdem es ihm gelungen war, über Portugal sich aus Europa hinauszuretten, jahrelang in Moskau gewesen und dort zuerst in eine kommunistische Grund- später auch in eine kommunistische Hochschule gegangen sei. Das sei aus allem, was Goldschmidt äußerte, herauszuhören, er, Koller, täusche sich nicht in dieser Beziehung. Aber gerade diese hier nur angedeuteten Umstände Goldschmidts zeichneten Goldschmidt aus und hätten ihn, Koller, tatsächlich mit Sympathie, ja selbst mit einer verwandtschaftlichen Zuneigung an Goldschmidt gebunden. Er achte nicht nur, er liebe solche Leute wie Goldschmidt, so Koller, weil sie, die Wenigsten auf der Welt, völlig vorbehaltlos die Bezeichnung Geistesmensch verdienten. Goldschmidt bewohnte eine kleine Zweizimmerwohnung über seinem Geschäft und mache sich alles allein. Tagsüber sei er in seiner Buchhandlung mit der Geschichte und mit der Literatur zusammen und die halben Nächte mit ihren Erzeugern und Verleumdern, wie er, Goldschmidt, sich Koller gegenüber ausgedrückt haben soll. Er, Goldschmidt, soll zu Koller gesagt haben, er diente der Geschichte und der Literatur, wenn er auch wisse, daß er damit den falschen Herren diente. Er sei Buchhändler geworden, weil er genug Masochist sei zu diesem Zwecke einerseits, weil ihm ein Onkel, ein Bruder seiner Mutter, die Buchhandlung hinterlassen habe andererseits. Er empfinde natürlich an jedem Tage und im Grunde solange er die Buchhandlung unterhalte, den mit einem solchen Geschäft auf Gedeih und Verderb verbundenen Geschichts- und Geistesleerlauf, er habe sich aber damit abgefunden und wenn er sich an den Produkten, die er jetzt schon über drei Jahrzehnte verkaufe, genug geekelt habe, finde er dann immer wieder in einem jener historischen Sätze Zuflucht, die ein verrückter sogenannter Dichter oder Denker zur Beglaubigung seiner Verrücktheit geschrieben habe. Es seien aber schon lange Zeit keine Bücher mehr, die ihn retten könnten, sondern nurmehr noch Sätze, einzelne Sätze von Novalis beispielsweise, von Montaigne, von Spinoza, von Pascal, an welchen er sich von Zeit zu Zeit anklammern müsse, um nicht untergehen zu müssen. Die Buchhändler seien von allen die Bedauernswertesten, weil auf ihnen wie auf nichts sonst die ganze Scheußlichkeit und Gemeinheit der Menschengeschichte und die ganze Hilflosigkeit und Erbarmungswürdigkeit der Kunst laste und sie sich immer zu fürchten haben, von dieser antimenschlichen Last erdrückt zu werden. Der Buchhändler, der sein Geschäft ernst nimmt, ist der Bedauernswerteste des ganzen Menschengeschlechts, weil er tagtäglich und ununterbrochen mit der absoluten Sinnlosigkeit des jemals Geschriebenen konfrontiert ist und wie kein zweiter die Welt als Hölle erlebt, so Goldschmidt zu Koller. Goldschmidt sei aber einer der allerwenigsten

Buchhändler, auf die der Begriff des Buchhändlers überhaupt noch anwendbar sei, denn die Buchhändler wie Goldschmidt, die ihren Buchhandel ernst nehmen und die den Buchhandel nicht als gemeines Geschäft, sondern tatsächlich noch als eine der Geschichte und der Literatur und der Kunst dienende Geistesarbeit und -liebe auffaßten, seien beinahe gänzlich ausgestorben. Die Geistfeindlichkeit, die heute alles beherrsche, so Koller, sei auch oder gerade über die Buchhändler in Europa und wahrscheinlich auch in der ganzen übrigen Welt gegangen. Auffallend an Goldschmidt seien sein kantiger kahler Kopf und sein langer karger Körper, welcher bei Tisch von seinen überlangen Armen gestützt sei, Goldschmidt habe naturgemäß eine Brille auf, und auch mit dieser Brille, einer echten Zeissbrille, wie Koller sagte, schlecht gesehen, er habe sich immer anstrengen müssen, um den ihm gegenübersitzenden Koller sehen zu können. An Goldschmidt sei ein außerordentliches Zahlengedächtnis zu bewundern gewesen. Es hätte ihm keine einzige bedeutendere Begebenheit in der Geschichte vorgebracht werden können, welche er nicht mit dem ihr entsprechenden Datum hätte bezeichnen können. Es ist klar, daß Koller sich vor allem zu Goldschmidt hingezogen gefühlt haben mußte, welcher alles an und in sich zusammengenommen, in erster Linie genauso wie er, Koller, für die

Abschaffung der Klassengesellschaft und ein Geistesmensch sei. Über die Sprache soll er gesagt haben, daß sie vor allem aus Wörtern gleich Gewichten bestehe, von welchen die Gedanken fortwährend herunter und zu Boden gedrückt und dadurch in keinem einzigen Falle in ihrer ganzen Bedeutung und tatsächlichen Unendlichkeit offenbar werden könnten. Die Sprache belaste das festzuhaltende Denken in unglücklichster Weise und reduziere es in jedem Falle auf einen fortwährenden Schwächezustand des Geistes, mit welchem sich der Denkende aber abzufinden habe. Denken sei noch niemals in seiner Vollkommenheit und Unendlichkeit wiedergegeben worden, so Goldschmidt zu Koller. Daran werde sich, solange die Wiedergabe des Denkens auf Sprache angewiesen sei, nichts ändern. *Grill* sei, so Koller, als Magazineur in einer Eisengroßhandelsfirma auf der Döblinger Hauptstraße angestellt und ein korrekter Mensch und unglücklicher Charakter. Er stamme aus Tirol und wäre mit siebzehn Jahren nach Wien gekommen, zuerst zu einer Schwester seiner Mutter in die Erzherzog-Karl-Straße unmittelbar vor der sogenannten Reichsbrücke, in ein Zinshaus, in welchem auf jeden Bewohner an die Tausend Ratten zu rechnen gewesen und in welchem auch heute noch die Armut und das Verbrechen die einzige Lebensgrundlage seien, aus dem Inntal heraus in den von Grill immer wieder sogenannten Abschaum der Menschheit, in welchem er, Grill, sich aber eher hatte entwickeln können, als unter den Bergbauern, eben in dem auch von Koller als Wiener Schwermuts- und Schmutzbezirk bezeichneten Zweiten Bezirk, habe Grill mit Hilfe seiner Verwandten eine kaufmännische Lehre bei einem Seilerwarengrossisten hinter dem Nordbahnhof absolvieren und sich bis zum leitenden Angestellten dieser in Österreich einzigartigen Firma hinaufarbeiten können, so Koller. In den Fünfzigerjahren hätte Grill es von einem Tag auf den andern gewagt, die Stellung zu wechseln, habe sich, mit dem Rückhalt von über achtzigtausend Schilling Ersparnissen und in dem Glücksgefühl einer genauso über Nacht vollzogenen Verlobung mit einer Rübenarbeiterstochter aus Gänserndorf, von der zu dem damaligen Zeitpunkt mit großen finanziellen Schwierigkeiten kämpfenden Seilerwarenfirma getrennt und sei in den Eisengroßhandel eingetreten, in eine Branche also, die immer schon als eine der sicheren, wenn nicht sichersten gegolten habe und in welcher er seine kaufmännischen Talente auf die ihm entsprechende Weise habe entwickeln können. Grill hatte sich zwischen zwanzig und dreißig vom Gebirgler sehr rasch und in allen nur möglichen Einzelheiten zum Großstädter und sehr bald zum sogenannten Leopoldstädter entwickeln können, niemals jedoch, so Koller, vom Leopoldstädter zum Döblinger, was er, Grill, immer als Mangel empfunden und nie überwunden habe. Anfang der Sechzigerjahre, so Koller, sei ihm, Grill, die Frau gestorben, an einer, wie die Ärzte es angeblich genannt hatten, *merkwürdigen, unerforschten Krankheit,* die in Wien schon seit Jahrzehnten nicht mehr aufgetreten war und welche die Ärzte sofort und in einem, wie Koller sich ausdrückte, unstatthaften Maße für ihre sogenannten wissenschaftlichen Zwecke ausnützten, Grill habe den übrigen Billigessern gegenüber sehr oft davon gesprochen, daß die Ärzte seine Frau als Vorführobjekt an der Universitätsklinik mißbraucht hätten, daß sie in seiner Frau immer nur ein willkommenes Demonstrationsobjekt, keinen todkranken Patienten gesehen hätten und in unverantwortlicher Weise letztenendes den frühen Tod seiner Frau verschuldet hätten, die wahrscheinlich, so Grill zu Koller, heute noch am Leben wäre ohne die Skrupellosigkeit der sogenannten Fachmediziner. Der Tod der Frau habe Grill in eine jahrelange Melancholie gestürzt und ihn schließlich aus dieser Melancholie nicht mehr entlassen. Erst nach dem Tod seiner Frau sei Grill auf die Billigesser Einzig, Goldschmidt und Weninger gekommen, welche ihm über die schwerste Zeit geholfen hätten. Die WÖK habe auch Grill gerettet, wie so viele unverschuldet ins Unglück Gekommene. Er, Grill, habe seine Vertrauensstellung als Maga-

zineur *niemals ausgenützt*, sei zum Betriebsrats-
obmann gewählt und auch schon vorher immer
als Sprecher der Eisenwarenangestellten in Erscheinung getreten. Klein von Statur, schlank
und mit dem ununterbrochenen Wunsch ausge-
stattet, sich beim Sprechen möglichst in der sogenannten Schriftsprache auszudrücken, habe er
sich von Anfang an gut in die Runde der Billigesser einfügen können. Was sie, die Billigesser, an
ihm bewunderten, sei, daß er von ganz unten und
sozusagen aus dem Nichts zum Eisengroßhandelsmagazineur aufgestiegen sei, zu einer Position
schließlich, die ihnen immer die allergrößte
Hochachtung abverlangt habe. An Grill schätzten
sie seine von Koller so genannte *mathematische
Kunstfertigkeit*. Er bewohne ein sehr großes sehr
billiges Silbergassenzimmer mit dem Ausblick auf
das in nächster Nähe gelegene Rudolfinerhaus,
das Wiener Nobelkrankenhaus, in welchem, so
Grill immer wieder zu Koller, die Reichen sterben. Mit Grill könne man immer wieder einmal
eine Schachpartie machen, und auch gewinnen,
ohne von ihm attackiert zu werden. Er, Grill,
habe sich einen, wie er selbst glaubte, vornehmen
Gang angewöhnt, der aber, so Koller, nicht vor-
nehm, sondern ganz eigentlich lächerlich sei, aber
er, Koller, habe es nicht notwendig, Grill von
dieser Tatsache in Kenntnis zu setzen, denn Grill
sei, wegen seiner Herkunft, eben weil er Tiroler

und dann auch noch ganz von unten herauf gekommen sei, immer äußerst verletzbar gewesen.
Er, Grill, haßte und verachtete die Großstadt
nicht, wie die meisten, die vom Land in sie herein-
gekommen sind, weil er in ihr Karriere gemacht
hat und es also nicht notwendig gehabt hätte, sie
herabzusetzen, wie das die Gescheiterten prakti-
zierten. Im Verborgenen schreibe er, Grill, Gedichte, die er ab und zu den übrigen Billigessern
vorgelesen habe, in einer Monotonie, die der letztenendes unterdrückten Persönlichkeit Grills entspreche, aber doch nichts als nur unerträglich und
nur zu besonderen Anlässen wie Weihnachten
oder Ostern zu erlauben gewesen sei. Vor allem
die Träume Grills hätten Koller immer interessiert und er habe sich die grillschen Träume immer mit der größten Aufmerksamkeit angehört,
weil sie für seine wissenschaftlichen Ambitionen
brauchbar gewesen waren. Grill habe zeitlebens
unter der Tatsache zu leiden gehabt, keine Hochschule besucht zu haben und Koller habe ihn,
Grill, einmal in einer Kaffeehausgesellschaft auf
dem Naschmarkt dabei erwischt, wie er vorgege-
ben habe, auf eine Hochschule gegangen zu sein,
aber er, Koller, habe ihm diese dann immer wie-
derkehrende Lüge gestattet, er hatte ihm diesen
von Zeit zu Zeit ausgespielten Trumpf, Hoch-
schulabsolvent zu sein, nicht mißgönnen dürfen.
Eine Laufbahn als Diplomkaufmann sei der Le-

benswunsch der grillschen Existenz gewesen, aber natürlich hatte Grill selbst genau gewußt, was es doch auch bedeutete, es aus dem Nichts zum Eisengroßhandelsmagazineur gebracht zu haben. Koller hatte vor Grill, allein um Grill eine Freude zu machen, die Akademiker abgewertet, das Hochschulstudium lächerlich gemacht und die Hochschulen und Akademien überhaupt in den ihnen gebührenden Schmutz gezogen, wobei er, Koller, ja nur die Wahrheit zu sagen gehabt hatte. Er, Koller, verachtete insgeheim zeitlebens die Akademiker, wenn das auch von Grill naturgemäß überhaupt nicht verstanden hatte werden können. Wenn Grill etwas zum besten gegeben habe, sei es immer wieder nur zwei Themen vorbehalten gewesen, erstens seiner verstorbenen Frau, die auf dem Heiligenstädter Friedhof liege und der er einen Granitstein um dreißigtausend Schilling setzen hatte lassen und die von ihm wie nichts bewunderte Hochschullaufbahn, wie überhaupt alles Akademische, von welchem für Grill immer die größte Faszination ausgegangen sei. Koller habe Grill angeblich immer wieder jenen Satz gesagt, in welchem behauptet wird, daß jeder Mensch, gleich welcher, einen höchsten Lebenswunsch in sich trage, der aber niemals erfüllt werde. Grill habe zeitlebens den Lebenswunsch gehabt, auf eine Akademie oder auf eine Universität zu gehen und auch ihm war dieser Lebenswunsch niemals in Erfüllung gegangen. Unter diesem Eindruck existierten überhaupt alle Menschen und wahrscheinlich, so Koller, gehen sie eines Tages an diesem unerfüllten Wunsche zugrunde. Aber es gibt natürlich Menschen, denen ihr Lebenswunsch in Erfüllung gehe und tatsächlich auf die ihnen entsprechendste, sie glücklich machende Weise, so Koller. Mit Grill habe er sich sehr gut über exotische Vögel unterhalten können, die den Grill in gleicher Weise wie ihn interessierten, insbesondere naturgemäß Papageien und er, Koller, sei einmal allein zu dem Zweck, den Psythaccus erithaccus zu studieren, mit Grill nach Schönbrunn gegangen, an einem für diesen Zweck geeigneten Sonnenherbsttag, so Koller. Noch eine Besonderheit sei an Grill, daß er nämlich von dem Zeitpunkt an, in welchem er mehr als er auszugeben gewillt gewesen war, verdiente, Münzen sammelte und zwar nur solche Münzen, die älter als achthundert Jahre alt sind. Er, Grill, habe eine Münzensammlung, die selbst von den Münzenexperten bewundert werde. Möglicherweise, so Koller, lebt Grill nurmehr noch für diese Münzensammlung. Er habe sich, wie zu seiner Zeit Goethe, allein für diese Münzensammlung, mehrere Schubladenkästen zimmern lassen und in seiner Freizeit sitze er über diesen Schubladen, die Koller einmal an einem Sonntagnachmittag zu Gesicht bekommen habe und sei nichts anderes als nur glücklich. Es sei kein Zufall, so Koller, daß der Eisengroßhandelsmagazineur Grill Münzen sammle, also in seiner Freizeit das gleiche tue wie im Geschäft, nur eben auf einer höheren Ebene. Wenn er, Koller, mit Grill zusammen gewesen sei, habe er sehr oft und nicht nur in Beziehung auf deren Gemeinsamkeit, nämlich Münzen zu sammeln, an Goethe denken müssen. Er, Grill, habe an den Sonntagen immer nur zwei Vorhaben, welche Koller als die Hauptvorhaben Grills bezeichnete: bei Schönwetter auf den Heiligenstädter Friedhof ans Grab seiner verstorbenen Frau zu gehn und bei Schlechtwetter sich ganz seiner Münzensammlung zu widmen. Grill trage eine randlose Brille, habe bereits eine sogenannte Halbglatze bis in Ohrenhöhe, so Koller, und beziehe seine Anzüge aus einem Kleidergeschäft mit dem Firmennamen *Zum Eisenbahner*, welches unweit des Franz-Josef-Bahnhofes zu finden sei und in welchem ein Kollege von ihm aus der Lehrzeit Geschäftsführer und also auch in der Lage sei, ihm mindestens zwanzig Prozent auf jeden Kauf nachzulassen. *Einzig* habe, so Koller, immer den größten Wert vor allem in jeder Korrespondenz darauf gelegt, mit *von Einzig* angesprochen zu werden und hatte er zu unterschreiben, so unterschrieb er immer nur mit *von Einzig*, aber auch im tagtäglichen Umgang habe Einzig sich von allen Leuten, vor allem von jenen niederen Standes mit *von Einzig* ansprechen lassen, die Billigesser hätten aber von allem Anfang an Einzig niemals als *von Einzig* angesprochen und sich auch schon bei dem allerersten Auftreten Einzigs geweigert, ihn als *von Einzig* zu titulieren, sie hatten sich vom ersten Augenblick an, nicht für diese Lächerlichkeit hergegeben und Einzig habe sich ihrer Forderung nach sofortiger Weglassung des *von* vor Einzig, widerspruchslos gefügt. In ihrer Mitte war er nur der Herr Einzig gewesen, nicht ein einzigesmal der *von Einzig,* und es war ihm von den Billigessern natürlich auch nicht gestattet gewesen, sich vom WÖKpersonal als *von Einzig* ansprechen zu lassen. Von Einzig habe Koller am wenigsten gewußt und Einzig hatte auch immer alles getan, um möglichst wenig Einblick in seine Existenz zu erlauben, wenn er auch immer sehr freigiebig in genau jenen Äußerungen gewesen sei, die seine Herkunft betreffen, in welcher aber alles immer wieder derartig widersprüchlich sei, daß es immer den Anschein gehabt habe, Einzig habe alles seine Herkunft betreffende erstunken und erlogen, wie sich Koller ausgedrückt hatte. Es hatte sicher auf Wahrheit beruht, daß Einzig aus Kärnten stammte, aus jenem Land, in welchem die österreichischen Phantasien am üppigsten blühen und wahrscheinlich war auch an der Tatsache nicht zu zweifeln gewesen, daß er, Einzig, aus dem Gailtal nach Wien gekommen war, um, wie Koller sich ausdrückte, die Universität abzusitzen und schließlich Anspruch zu haben auf eine Lehrtätigkeit an der gleichen Hochschule, welche von Koller immer nur als die erste Österreichische *Geistesvernichtungsanstalt* bezeichnet worden ist, aus welcher laut Koller auch nur alljährlich Hunderte und Tausende von vernichteten Geistern hervorgegangen seien, welchen letztenendes unser Land und unser Staat seine Hinfälligkeit und Stumpfsinnigkeit und Lächerlichkeit verdanke. Zweifel hätte Koller aber immer anzumelden gehabt, ob es tatsächlich wahr sei, was Einzig fortgesetzt und hartnäckig behauptete, daß er nämlich einem uralten und sozusagen alteingesessenen Adelsgeschlecht entstamme und daß er im Grunde viel höherer, ja höchster Herkunft sei, als in dem vor seinem Namen gesetzten *von* zum Ausdruck komme. Er, Einzig, war aber naturgemäß unter den Billigessern mit seinen Herkunftsphantasien nicht weit gekommen, sie, die Billigesser, hätten diese Phantasien sehr bald als solche tatsächlich überflüssige Phantasien durchschaut und Einzig, was diese Phantasien betrifft, nicht mehr aufkommen lassen, so habe er, der wahrscheinlich bis zu dem Zeitpunkt, in welchem er in die WÖK in der Döblinger Hauptstraße und also an die Billigesser gekommen war, allein aus diesen Phantasien seinen Lebensunterhalt gezogen hatte, aufeinmal mit diesen letztenendes, so Koller, unappetitlichen

Phantasien schlußmachen und sich auf seine tatsächliche Wiener Situation beschränken müssen,
also auf seine mehr oder weniger unbedeutende
Existenz als Hochschullehrer. Der Angeber Einzig war von den Billigessern naturgemäß gleich
auf seine nachweisbaren Tatsachen zurechtge-
stutzt, so Koller, und dadurch seines bis dahin
einflußreichsten Machtmittels beraubt gewesen,
welches von den Billigessern nicht einen Augenblick länger als notwendig, geduldet und tatsächlich, so Koller, schon im ersten Moment, schon
wie Einzig zum erstenmal in der WÖK aufgetaucht war, abgeschafft worden war. Die Billigesser hatten sofort, wie Einzig aufgetaucht war,
die Monarchie abgeschafft, so Koller. Sie hätten
Einzig eine Bewährungsfrist eingeräumt, die er
schließlich bestanden habe, er habe, wahrscheinlich weil ihm der Platz bei den Billigessern doch
mehr wert gewesen war als ein anderer, auf seine
Adelsprivilegien verzichtet, sich unter den Billigessern, die ihn, aus was für einem Grunde immer,
angezogen gehabt hatten, zuerst einmal aufgegeben, was soviel heißt, wie daß er zuerst einmal
seinen Geist aufgegeben habe. Koller erinnerte
sich aber genau, wie Einzig den Billigessern
zuerst einmal mit seinem Adel gekommen und
sich nicht zu niederträchtig vorgekommen war,
mit seiner erstunkenen und erlogenen Herkunft
aufzutrumpfen. Die Billigesser waren aber auf

Einzigs Taktik nicht einen Augenblick lang hereingefallen, sondern hatten Einzig sofort und zwar unmißverständlich abblitzen lassen und so eindeutig abblitzen lassen, daß er daraufhin überhaupt keinen Versuch mehr gemacht hatte, alles, wie das bei diesen Charakteren der Fall ist, mit dem Adel zahlen zu wollen, und also mit einer längst und zwar schon ein halbes Jahrhundert außer Kurs gekommenen Währung, welche von Koller immer nur als ein geschichtsschmutziges gemeines Falschgeld bezeichnet worden ist. Einzig sei der charakterschwache Provinzler sogenannter armseliger Abstammung, welcher sich den adeligen Herkunftsanzug angezogen habe für seinen Eintritt in die sogenannte große Welt, um bestehen zu können. Die Billigesser hatten dafür nicht das geringste Verständnis und den Einzig sofort vor die Wahl gestellt gehabt, entweder diesen seinen adeligen Herkunftsanzug wenigstens in ihrer Gegenwart sofort wieder auszuziehen, oder von ihrem Tisch zu verschwinden. Einzig habe wider Erwarten und tatsächlich ohne zu zögern, seinen adeligen Herkunftsanzug ausgezogen und sei auf diese Weise den Billigessern erhalten geblieben. Von dieser für ihn, Einzig, ja geradezu übermenschlichen Überwindung an, so Koller, habe Einzig, wenn von Kärnten, nurmehr noch von dem Klima in Kärnten und von den dort zu bestaunenden Naturberühmtheiten gesprochen, kein Wort mehr über den dortigen Adel, aber im Grunde und selbstverständlich habe er naturgemäß von da an überhaupt keinerlei Bedürfnis mehr gehabt, über Kärnten zu sprechen, wenigstens nicht in Gegenwart der Billigesser, die an Kärnten auch gar nicht interessiert gewesen wären, schon viel eher an Oberösterreich oder an Tirol und die tatsächlich sehr wenig Interesse für die Provinz überhaupt gehabt hätten, weil alles, was mit der Provinz zusammenhängt, ihnen nur lästig gewesen wäre. Einzig hatte, so Koller, ganz einfach billig essen wollen und diesen Wunsch habe er sich nur in der WÖK erfüllen können und wenn schon in der WÖK, so habe er, Einzig, wahrscheinlich gedacht, habe er nur an dem Tisch Platz zu nehmen Interesse gehabt, der der beherrschende Tisch in der WÖK gewesen war, nämlich der Billigessertisch, so sei ihm, Einzig, nichts anderes übrig geblieben, als sich den Anforderungen, die an dem Billigessertisch gestellt wurden, zu fügen, sich den Gesetzen des Billigessertisches zu unterwerfen. Es sei für Einzig ganz und gar charakteristisch gewesen, so Koller, daß er nur an seinem ersten WÖKtag einen schweren goldenen Siegelring mit einem Wappen getragen habe, so Koller, schon den nächsten Tag habe Einzig diesen Siegelring, so Koller, vor Betreten der WÖK von seinem Finger gezogen und in die Rocktasche gesteckt gehabt.

Wie er, Koller, wisse, trage Einzig nach wie vor
diesen Siegelring, aber er ziehe ihn jedesmal, bevor er in die WÖK eintritt, ab und stecke ihn in
die Rocktasche. Einzig sei so klein wie seine Professur, um die er ununterbrochen kämpfen müsse,
so Koller. Er habe eine feine Haut und sei fortwährend hypernervös und leide an ununterbrochenen Zuckungen seines ganzen Körpers. Die
Angst, seine Professur zu verlieren, *eine juristische
Professur* wie sich Koller ausdrückte, habe ihn in
den letzten Jahren zum Trinker gemacht und auf-
geschwemmt. Zweimal im Jahr sei er in einer
Trinkerheilstätte im sogenannten Helenenthal
südlich von Wien, wo der beste Wein wächst, so
Koller, untergebracht. Jedesmal, wenn er in der
Trinkerheilstätte sei, vermißten sie ihn, wenn sie
sich auch niemals darüber klar werden hatten
können, warum. Er habe ganz einfach von einem
bestimmten Zeitpunkt an zu ihnen gehört, der
exotische Vogel, als welchen ihn Koller bezeichnete. Seine homosexuellen Neigungen hatte er,
der über diese ihm ganz natürliche Veranlagung,
weil zu schwach, um ihr freien Lauf zu lassen,
immer unglücklich und ununterbrochen einem,
so Koller, tatsächlich perversen Schuldgefühl darüber ausgeliefert gewesen war, doch beinahe immer zurückhalten können. Nicht Koller selbst,
aber die übrigen Billigesser, hätten ihn, Einzig,
und naturgemäß nicht in seiner Gegenwart, als

den sogenannten *Abwegigen* unter ihnen bezeichnet. Die Billigesser hätten sich, das war schließlich Kollers unumstößliche Meinung gewesen, geradezu als das Hauptkapitel seiner Physiognomik *aufgedrängt* gehabt, ihre vier Physiognomien, zu welchen als fünfte noch seine eigene heranzuziehen und von ihm zu analysieren sei, wären ihm auf einmal gerade jene sogenannten Urbeispiele für seine Behauptungen und für ein ganzes jetzt zu beweisendes physiognomisches Denken gewesen, die er immer gesucht, aber wahrscheinlich, so Koller, weil sie ihm so nahe gewesen waren, nicht gefunden habe. Jetzt sei er aber durch das Glück, urplötzlich zur alten Eiche und nicht zur alten Esche gegangen zu sein, im Besitze der Billigesser und ihrer Physiognomie, was nichts anderes bedeutete, als daß er, wie er es nannte, aufeinmal und tatsächlich schon knapp vor dem Aufgeben im Besitze seiner eigenen *Physiognomie* gewesen sei. Die Unnachgiebigkeit, welche ihn zweifellos niemals in seinem Vorhaben, die Physiognomie weiter und schließlich zuende zu führen, ermüden, geschweige denn tatsächlich und auf die tödliche Weise, wie er gesagt hatte, resignieren hatte lassen, habe sich ausgezahlt. Er könne genau den Augenblick seiner Erleuchtung im Wertheimsteinpark bestimmen. Zurückgelehnt, mit weit ausgestrecktem Kunstbein, wäre es ihm jetzt ein Leichtes, mir die Billigesser auseinanderzusetzen, er habe aber schon allein mit der von ihm als unbedingt notwendig und also unerläßlich empfundenen Einführung in die Billigesser und also mit seiner jetzt so kurz vorgebrachten Charakterisierung zuviel Zeit verloren, auch habe er plötzlich das Auge Gottes nicht mehr als den richtigen Ort für seine Auseinandersetzung mit den Billigessern angesehen. Aufeinmal sei ihm doch klar geworden, daß es unmöglich sei, mir im Auge Gottes die Billigesser zu erklären, dazu sei *ein absolut zuverlässiger Geistesort* die Voraussetzung und ein solcher absolut zuverlässiger Geistesort sei das Auge Gottes in keinem Falle, was es ihm *jetzt* unmöglich mache, *mir* seine Billigesser vorzutragen. Er glaube, den Vortrag erst zu einem späteren Zeitpunkt nachholen zu können, möglicherweise *gleich im Wertheimsteinpark*, sagte er jetzt, von dem er sich alle für einen solchen Vortrag unabdingbaren Voraussetzungen erhoffe, in diesem *einzigartigen und vollkommen störungsfreien Geistespark*, als welchen er den Wertheimsteinpark plötzlich bezeichnete, in dem ihn weder Mensch noch Tier störe, in welchem alles auf seiner Seite sei, *die ganze Natur, die ganze Geschichte.* Dann im Wertheimsteinpark, sagte er, erspare er sich auch schon die kurze Charakterisierung der Billigesser und könne *sofort* in das Zentrum seines Gegenstandes, der naturgemäß ein *Anti*gegenstand sei, eindringen. Während sich für ihn jetzt aufeinmal im Auge Gottes herausstelle, daß gerade im Auge Gottes die ungünstigsten Voraussetzungen für seine Billigesser gegeben wären, habe er dann, nach Möglichkeit gleich am nächsten Tage, im Wertheimsteinpark die besten Voraussetzungen. In ein solches Thema wie die Billigesser könne sein Erfinder naturgemäß *nicht sofort und in einem einzigen Anlauf* eindringen, dazu sei ein solches Thema doch viel zu kompliziert und zerbrechlich, er werde alles auf den zweiten, von ihm sogenannten *endgültigen Anlauf* setzen. Ich hatte jetzt tatsächlich und zweifellos, wie ich ihn betrachtete, den Eindruck, daß er noch bevor er in sein eigentliches Thema überhaupt eingedrungen und also überhaupt mit seinem Vortrag über die Billigesser begonnen hatte, völlig erschöpft gewesen war. Er war auch gleich aufgestanden und hatte sofort aus dem Auge Gottes hinausgehen wollen. Wenn er noch ein paar Augenblicke länger im Auge Gottes hätte zubringen müssen, wäre er an dieser Fürchterlichkeit wahrscheinlich erstickt, hatte er draußen vor dem Auge Gottes zu mir gesagt. Er werde mich verständigen, wenn der Zeitpunkt gekommen sei, mir *im Wertheimsteinpark Die Billigesser* vorzutragen. Vielleicht schon morgen nachmittag, hatte er zu mir gesagt, bevor er sich von mir entfernt hatte. Er war aber nicht mehr dazugekommen, denn noch denselben Abend war er einer schweren Kopfverletzung wegen, die er sich bei dem Sturz über sein Kunstbein im Stiegenhaus in der Krottenbachstraße zugezogen hatte, in die Universitätsklinik eingeliefert worden in totaler Bewußtlosigkeit, wie ich von seinen Ärzten erfahren habe, aus welcher er nicht mehr zu retten gewesen war. *Die Billigesser* waren verloren gewesen wie so viele Geistesprodukte, von welchen uns ihre Erfinder gesprochen haben.

Thomas Bernhard
im Suhrkamp und im Insel Verlag

Werke. Herausgegeben von Martin Huber und Wendelin Schmidt-Dengler. Bd. 1: Frost. Bd. 2: Verstörung. Bd. 3: Das Kalkwerk. Bd. 4: Korrektur. Bd. 5: Beton. Bd. 6: Der Untergeher. Bd. 7: Holzfällen. Bd. 8: Alte Meister. Bd. 9: Auslöschung. Bd. 10: Die Autobiographie. Bd. 11: Erzählungen 1 (In der Höhe. Amras. Der Italiener. Der Kulterer). Bd. 12: Erzählungen 2 (Ungenach. Watten. Gehen). Bd. 13: Erzählungen 3 (Ja. Die Billigesser. Wittgensteins Neffe). Bd. 14: Erzählungen. Kurzprosa. Bd. 15: Dramen 1. Bd. 16: Dramen 2. Bd. 17: Dramen 3. Bd. 18: Dramen 4. Bd. 19: Dramen 5. Bd. 20: Dramen 6. Bd. 21: Gedichte. Bd. 22: Journalistisches, Reden, Interviews (2 Teilbände). Gebunden in Einzelausgaben und als st 4850 (23 Teilbände im Schuber).

Alte Meister. Komödie. st 1553 und BS 1120. 311 Seiten

Amras. st 1506. 99 Seiten

Amras. Kommentar: Bernhard Judex. SBB 70. 143 Seiten

Auslöschung. Ein Zerfall. st 1563. 651 Seiten

Aus Opposition gegen mich selbst. Ein Lesebuch. Herausgegeben von Raimund Fellinger. st 4211. 368 Seiten

Argumente eines Winterspaziergängers. Und ein Fragment zu »Frost«: Leichtlebig. Gebunden. 146 Seiten

Bernhard für Boshafte. it 4153. 73 Seiten

Beton. st 1488. 213 Seiten

Stücke 4. Der Theatermacher – Ritter, Dene, Voss – Einfach kompliziert – Elisabeth II. st 1554. 368 Seiten

Der Theatermacher. BS 870. 162 Seiten

Thomas Bernhard, Siegfried Unseld. Der Briefwechsel. Herausgegeben von Raimund Fellinger, Martin Huber und Julia Ketterer. Broschur. 869 Seiten

Ungenach. Erzählung. st 2819. 93 Seiten

Der Untergeher. 243 Seiten. st 1497. 256 Seiten

Verstörung. st 1480. 208 Seiten

Der Wahrheit auf der Spur. Herausgegeben von Wolfram Bayer, Raimund Fellinger und Martin Huber. st 4337. 344 Seiten

Watten. Ein Nachlaß. st 2820. 96 Seiten

Wittgensteins Neffe. Eine Freundschaft. BS 788. 164 Seiten. st 1465. 176 Seiten. st 3842. 163 Seiten

Graphic Novel

Alte Meister. Komödie. Gezeichnet von Nicolas Mahler. Graphic Novel. 158 Seiten

Der Weltverbesserer. Gezeichnet von Nicolas Mahler. Graphic Novel. 124 Seiten

Nicolas Mahler, Thomas Bernhard. Die unkorrekte Biografie. Graphic Novel. 119 Seiten

NF 462/4/06.21

suhrkamp taschenbücher
Eine Auswahl

Isabel Allende
- Das Geisterhaus. Roman. Übersetzt von Anneliese Botond.
  st 1676. 501 Seiten
- Mayas Tagebuch. Roman. Übersetzt von Svenja Becker.
  st 4444. 444 Seiten
- Die Insel unter dem Meer. Roman. Übersetzt von Svenja
  Becker. st 4290. 552 Seiten
- Inés meines Herzens. Roman. Übersetzt von Svenja Becker.
  st 4035. 394 Seiten
- Fortunas Tochter. Roman. Übersetzt von Lieselotte
  Kolanoske. Gebunden. st 4383. 705 Seiten
- Paula. Übersetzt von Lieselotte Kolanoske. st 2840.
  496 Seiten
- Das Siegel der Tage. Roman. Übersetzt von Svenja Becker.
  st 4126. 409 Seiten

Maya Angelou
- Ich weiß, warum der gefangene Vogel singt. Übersetzt von
  Harry Oberländer. st 4897. 321 Seiten

Friedrich Ani
- Der namenlose Tag. Roman. st 4720. 298 Seiten
- Ermordung des Glücks. Ein Fall für Jakob Franck. Roman.
  st 4931. 316 Seiten

Gerbrand Bakker
- Oben ist es still. Roman. Übersetzt von Andreas Ecke.
  st 4142. 315 Seiten

Joanna Bator
– Sandberg. Roman. Übersetzt von Esther Kinsky. st 4404.
  492 Seiten
– Wolkenfern. Roman. Übersetzt von Esther Kinsky. st 4574.
  499 Seiten

Jurek Becker
– Bronsteins Kinder. Roman. st 1517. 302 Seiten
– Jakob der Lügner. Roman. st 774. 288 Seiten

Louis Begley
– Lügen in Zeiten des Krieges. Roman. Übersetzt von Christa
  Krüger. st 2546. 223 Seiten. Großdruck: st 4092. 310 Seiten
– Ehrensachen. Roman. Übersetzt von Christa Krüger.
  st 3998. 444 Seiten
– Schmidts Einsicht. Roman. Übersetzt von Christa Krüger.
  st 4415. 415 Seiten

Thomas Bernhard
– Alte Meister. Komödie. st 1553. 310 Seiten
– Auslöschung. Ein Zerfall. st 1563. 651 Seiten
– Heldenplatz. st 2474. 176 Seiten
– Holzfällen. Eine Erregung. st 1523. 336 Seiten
– Städtebeschimpfungen. Herausgegeben von Raimund
  Fellinger. st 4074. 178 Seiten

Peter Bichsel
– Kindergeschichten. st 2642. 86 Seiten
– Über Gott und die Welt. Schriften zur Religion.
  Herausgegeben von Andreas Mauz. st 4154. 288 Seiten

Lily Brett
– Lola Bensky. Roman. Übersetzt von Brigitte Heinrich.
  st 4470. 302 Seiten

– Chuzpe. Roman. Übersetzt von Melanie Walz. st 3922.
  334 Seiten

Jaume Cabré
– Die Stimmen des Flusses. Roman. Übersetzt von Kirsten
  Brandt. st 4049. 666 Seiten

Truman Capote
– Die Grasharfe. Roman. Übersetzt von Annemarie Seidel
  und Friedrich Podszus. st 1796. 208 Seiten

Paul Celan
– Die Gedichte. Kommentierte Gesamtausgabe in einem
  Band. Herausgegeben und kommentiert von Barbara
  Wiedemann. st 3665. 1000 Seiten

Marguerite Duras
– Der Liebhaber. Übersetzt von Ilma Rakusa. st 4507.
  143 Seiten

Hans Magnus Enzensberger
– Hammerstein oder Der Eigensinn. Eine deutsche
  Geschichte. st 4095. 378 Seiten
– Versuche über den Unfrieden. st 4626. 183 Seiten
– Gedichte 1950-2020. st 5013. 250 Seiten

Laura Esquivel
– Bittersüße Schokolade. Roman. Übersetzt von Petra Strien.
  st 2391 und it 4030. 278 Seiten

Elena Ferrante
– Meine geniale Freundin. Übersetzt von Karin Krieger.
  Roman. st 4930. 488 Seiten
– Die Geschichte eines neuen Namens. Übersetzt von Karin
  Krieger. Roman. st 4952. 704 Seiten

– Die Geschichte der getrennten Wege. Übersetzt von Karin Krieger. Roman. st 4953. 640 Seiten

Candice Fox
– Hades. Thriller. Übersetzt von Anke Caroline Burger. Herausgegeben von Thomas Wörtche. st 4838. 341 Seiten
– Eden. Thriller. Übersetzt von Anke Caroline Burger. Herausgegeben von Thomas Wörtche. st 4861. 473 Seiten
– Fall. Thriller. Übersetzt von Anke Caroline Burger. Herausgegeben von Thomas Wörtche. st 4927. 470 Seiten

Philippe Grimbert
– Ein Geheimnis. Roman. Übersetzt von Holger Fock und Sabine Müller. st 3920. 154 Seiten

Peter Handke
– Immer noch Sturm. st 4323. 165 Seiten
– Mein Jahr in der Niemandsbucht. Ein Märchen aus den neuen Zeiten. st 3887. 628 Seiten
– Die morawische Nacht. Erzählung. st 4108. 560 Seiten
– Wunschloses Unglück. Erzählung. st 3287. 96 Seiten

Marie Hermanson
– Der Mann unter der Treppe. Roman. Übersetzt von Regine Elsässer. st 3875. 269 Seiten
– Muschelstrand. Roman. Übersetzt von Regine Elsässer. st 3390. 304 Seiten

Hermann Hesse
– Der Steppenwolf. Roman. st 175. 288 Seiten
– Siddhartha. Eine indische Dichtung. st 182. 128 Seiten
– Narziß und Goldmund. Erzählung. st 274. 320 Seiten
– Mit der Reife wird man immer jünger. Betrachtungen und Gedichte über das Alter. st 3551. 192 Seiten

Reginald Hill
– Rache verjährt nicht. Roman. Übersetzt von Ulrike Wasel
  und Klaus Timmermann. st 4473. 683 Seiten

Uwe Johnson
– Jahrestage. Aus dem Leben von Gesine Cresspahl. 4 Bände.
  st 4455. 2150 Seiten

James Joyce
– Ulysses. Roman. Übersetzt von Hans Wollschläger. st 3816.
  987 Seiten

Daniel Kehlmann
– Ich und Kaminski. Roman. st 3653. 174 Seiten

Sibylle Lewitscharoff
– Apostoloff. Roman. st 4180. 248 Seiten
– Blumenberg. Roman. st 4399. 220 Seiten
– Montgomery. Roman. st 4321. 346 Seiten

Nicolas Mahler
– Thomas Bernhard: Alte Meister. Komödie. Gezeichnet von
  Mahler. Graphic Novel. st 4579. 158 Seiten

Andreas Maier
– Das Haus. Roman. st 4416. 165 Seiten
– Onkel J. Heimatkunde. st 4261. 132 Seiten
– Bullau. Versuch über Natur. st 3947. 127 Seiten
– Wäldchestag. Roman. st 3381. 315 Seiten
– Das Zimmer. Roman. st 4303. 203 Seiten

Adrian McKinty
–Der katholische Bulle. Roman. Übersetzt von Peter
  Torberg. st 4523. 384 Seiten

Robert Menasse
– Die Hauptstadt. Roman. st 4920. 459 Seiten
– Die Vertreibung aus der Hölle. st 4863. 729 Seiten

Patrick Modiano
– Eine Jugend. Roman. Übersetzt von Peter Handke. st 4615. 187 Seiten

Cees Nooteboom
– Allerseelen. Roman. Übersetzt von Helga van Beuningen. st 3163. 440 Seiten

Amos Oz
– Eine Geschichte von Liebe und Finsternis. Roman. Übersetzt von Ruth Achlama. st 3788. 828 Seiten
– Judas. Roman. Übersetzt von Mirjam Pressler. st 4670. 331 Seiten
– Unter Freunden. Übersetzt von Mirjam Pressler. st 4509. 215 Seiten

Andreas Pflüger
– Endgültig. Thriller. st 4770. 458 Seiten
– Niemals. Thriller. st 4940. 475 Seiten

Marcel Proust
– Auf der Suche nach der verlorenen Zeit. 3 Bände in Kassette. Übersetzt von Eva Rechel-Mertens. st 4830. 5200 Seiten

Ralf Rothmann
– Der Gott jenes Sommers. Roman. st 4959. 260 Seiten
– Im Frühling sterben. Roman. st 4680. 233 Seiten

NF 266a / 6 / 01.19

Judith Schalansky
– Atlas der abgelegenen Inseln. Fünfzig Inseln, auf denen ich
  nie war und niemals sein werde. st 5002. 240 Seiten
– Blau steht dir nicht. Matrosenroman. st 4284. 139 Seiten
– Der Hals der Giraffe. Bildungsroman. st 4388. 222 Seiten

Andrzej Stasiuk
– Die Welt hinter Dukla. Roman. Übersetzt von Olaf Kühl.
  st 3391. 176 Seiten
– Hinter der Blechwand. Roman. Übersetzt von Renate
  Schmidgall. st 4405. 349 Seiten

Uwe Tellkamp
– Der Turm. Geschichte aus einem versunkenen Land.
  Roman. st 4160. 976 Seiten

Hans-Ulrich Treichel
– Der Verlorene. Erzählung. st 3061. 176 Seiten

Mario Vargas Llosa
– Das böse Mädchen. Roman. Übersetzt von Elke Wehr.
  st 3932. 395 Seiten

Martin Walser
– Ein fliehendes Pferd. Novelle. st 600. 160 Seiten

Don Winslow
– Kings of Cool. Roman. Übersetzt von Conny Lösch.
  st 4488. 349 Seiten
– Tage der Toten. Kriminalroman. Übersetzt von Chris
  Hirte. st 4340. 689 Seiten